冰的罪证

王彪 著

U0782903

浙江文艺出版社
Zhejiang Literature & Art Publishing House

冰的罪证

顾身地拿脑袋撞墙，有一次还用刀片割手腕，血水染红了浴缸，但她绝不许他对自己动粗。"打老婆的男人顶没出息，我最不要看！"她始终身体力行地捍卫这条结婚之初立下的誓言，看上去倒像是为了保护他，使他不至于沦为顶没出息的家暴男人。

房间里有一股尿臊味，哪来的？他很奇怪，家里没养猫狗之类的小动物，尽管之前她想过要收养流浪猫，他坚决反对。他不喜欢宠物，尤其讨厌跟身上长毛且有体温的小东西接触，那毛茸茸、肉嘟嘟的感觉既像人又不是人，他会起鸡皮疙瘩的。她为此相当生气，说他没爱心，是冷血动物。但他养鱼，他对那几条细得恍如头发丝的热带鱼精心呵护，关怀备至，一点都不亚于她对猫狗的关爱。

他站起身四处看了看，尿臊味来自床上——床单湿了，在她身子底下，一大摊水印。她尿床了？他怔愣片刻，突然醒悟过来，没错，她失禁了。人死之后，大多数都会大小便失禁，他从哪本书上读到过的，因为神经肌肉松弛，身体失控。看来她真的死了！昨天他俩还一起在三百公里之外的海边看海，过情人节，今天她就变成了一具尸体。他打了个激灵，腿一软，一屁股瘫坐在地。

不知过了多久，腿都麻了，他站起来，从抽屉里找出卫生巾，撕开，胡乱塞进她睡裤。这个动作他后来想到，

杀 人

他杀了她。等他意识到他杀了她，她已变成一具尸体。

没有呼吸，心跳停止，她那张喋喋不休的小嘴也永远闭上了，不再发出令他厌烦的恐怖的声音。他松开手，一时不相信这是真的，她的嘴唇发紫，鼻孔下有少许出血，无疑是他留下的罪证。他的手居然这么有力，只不过捂住她的嘴巴和鼻子，几分钟时间，就轻而易举捂断了一个人的生命。

然而，终于安静了。

他看着自己的手，松了口气。那应该是本能的，身体下意识的反应，因为他的头脑马上意识到了不安。惶恐席卷而至，他像被悬在了半空，茫无头绪。他怎么会杀人？她真的死了吗？他慌乱起来，俯身去推她。她的身体还是软的，尚有余温，可每个部分都不会回应他的粗鲁。以往只要他稍微碰得重一些，她的抗拒就随之而来，像作用力与反作用力。她可以随意虐待自己，揪自己的头发，奋不纯属多余，但当时他认为非常及时，而且有效，他总得做点什么来阻止空气里这股死亡气味的蔓延。他害怕这股气味泄漏到楼道，要是被人嗅出隐情，那就麻烦了，他杀人了！

对了，他还得把这股气味包裹住。他把床单掀起盖到她身上。她真瘦呵，薄薄的一层，埋进床单，他看不见她了，她圆睁的失神的眼睛也消失了。那是她脸上最漂亮的部位，他曾经百看不厌，就如两块宝石，黑亮黑亮的，可以映出他的人影。他喜欢那种感觉，她凝神仰望他，他的身影投射在她瞳仁里，他们彼此含情脉脉，你中有我，我中有你。

他悚然一惊，坏了！他可是听谁说过，人死时，会把最后看见的影像留在视网膜，像死亡相机一样拍摄保存下来。死不瞑目的被害人，他们的眼睛就是凶手的犯罪档案。听说真有警察这么干过，他们以此作为侦查手段，通过被害人瞳仁里留存的影像，准确无误地将凶手捉拿归案。她也是死不瞑目，那她的瞳仁里会不会留有他的样子？他捂住她的鼻子与嘴巴，捂得死死的，用尽全身力气，他秀气的脸一定扭曲了，变形了。那是张疯狂的杀人凶手的脸，在她生命的最后一刹那定格。千真万确，这个难缠的女人，她就是死也不会放过他的，她的眼睛都鼓出来了，像死鱼的眼睛，一动不动地瞪着他，那股狠劲，仿佛是要告诉他，变鬼也记得他。

他赶忙打开电脑，点开搜索网页，键入一行提问：**人被杀后眼睛里会留下凶手的影子吗？**他手抖得厉害，打字磕磕绊绊的，鼠标也拿不稳，好不容易点中"搜索"，电脑页面唰地跳出来，居然有好多人问过相同的问题。什么意思？他们也像他一样杀了人吗？还是仅仅出于好奇？他的目光落在一行标题上——《男子淹死情妇又挖其双眼，称怕她眼里留下凶手影子》。好像是一则社会新闻，他点击打开，一小段文章出现在屏幕上：

> 6月5日，游人在内蒙古新城石博园人工湖里发现一具女尸。经警方勘查，死者系他杀，且双眼眼球缺失。犯罪嫌疑人赵某锋被抓获后说："我以前听老人说，人死之前眼睛里会留下凶手的影子，所以我才把她的眼睛抠出来。"By 内蒙古晨报 http://t.cn/R5I2iOb

真有这种事！他霍地蹦起来，不假思索地朝床边扑去。太可怕了，她的眼睛！她的眼睛！他的脸留在她眼睛里了！但未等他掀开裹住她的床单，去验证她眼睛里藏着的秘密，一阵突如其来的铃声响起，有人打电话进来了。谁的手机？他怔愣了一下，脑子出现短路，他俩的手机铃声设为同一模式，开头是好玩，你抢我的手机接听，我抢你的手机看一下微信，嘻嘻哈哈的，搞得好不亲密。后来这也被她当作彼此相爱的证据。"你可以接我的手机，我也可以看你的手机。你我就像一个人。"这是她挂在嘴边的话，津津乐道的，也以此向别人夸耀他俩之间有多透明。

他循声找去，铃声就在床头，一遍遍震响，忙乱之中，手机却好像隐身了，只闻其声，不见其影。他急出一身冷汗，也是急中生智，一头钻到床底下，伸手去摸，还真给他摸到了——是她的手机。刚才他俩在床上扭打，没注意到手机掉进床头夹缝里去了。

是她母亲打来的，这么晚了找她有什么事？这位丈母娘一向对他心存芥蒂，横挑鼻子竖挑眼，难道她已察觉她女儿死了吗？母女间的心灵感应据说是有科学依据的。他害怕起来，不知该不该接。手机不要命地响个不停，有股穷追不舍的劲头。他越发慌乱，攥着手机转身就跑。

他竟然从家里跑了出来，跑到大街上。手机铃声倏忽停歇，一下子寂然无声，他捏着哑巴了的手机继续狂奔了数十米，这才意识到自己的荒唐。岂不是此地无银三百两吗？他跑什么跑啊？在家接电话那又怎样了？就算有心灵感应，他丈母娘难道还有千里眼，能透过手机看到他的杀人现场不成？太可笑了，他自己把自己吓到了，真是惊弓之鸟啊！

前面是个公园，有条小河。他需要冷静，需要吹吹风。初春的风好生凉爽，也许称得上冷冽，河水波澜不兴，四周静悄悄的，空无一人。他找了张长椅坐下来，忽觉口干舌燥，刚才他太紧张了。很奇怪，他不想喝水，只想抽烟。摸摸口袋，没摸到烟，倒有打火机。"见鬼！"他骂了一声，其实是骂他自己。他有个习惯，宁肯忘了带烟，不能忘了打火机，他觉得有烟没火，绝对比有火而没烟要难受得多。

他蹲到地上，顺着长椅的一条腿找到两颗烟蒂，有一颗不带过滤嘴的还剩小半根，现在很少见到这种没过滤嘴的烟了。黑暗中看不清牌子，不知是哪个民工抽了一半扔下的。平常他碰都不碰这种烟，可对今夜的他来说，不知名的劣等烟无疑也是奢侈的恩惠。他把那半截烟接到有过滤嘴的烟蒂上，掏出打火机点上，狠狠抽了一口。

一团如火的难以思议的辛辣灌满胸肺，他猝不及防地被刺激到了，眼泪都呛了出来。与此同时，手机又是一声震响，还是她母亲，这一回，她没打电话，而是发来了微信。

"干吗不接电话？你俩不是昨天刚出去过情人节吗？又

吵架了？"

何止吵架，都死人啦！脑海里蹦出一句直截了当的回答。他当然没敢这样回过去。相反，蓝幽幽发着亮光的手机让他害怕极了，像一块滚烫的烙铁，抓都抓不住，也像一枚定时炸弹，冷不丁就要爆炸。他慌乱地举起来——只要对着河面摔出去，扑通一声，一切危险都消失了。

然而手机仿佛也知道它的末日将临，必须做一次垂死挣扎，在他尚未脱手之际，手机再次发疯似的鸣叫起来，又一条微信接踵而至："那好，你不肯说，妈这就过来瞧瞧。"

他的脑袋嗡的一下炸了，我的天，他真要完蛋了！不能让她过来，千万不要！现在就阻止她。他点开手机，想也没想回过去一条信息："没事，我刚刚在洗澡。"

手机那边缓了缓，似乎将信将疑："真没事？"

"讨厌！骗你干吗？我这不刚回来没多久吗？两个多小时的火车，累死了。"

"妈就想问一句，玩得开心吗？"

"我要睡了，妈，别烦了。"

这不是他说话的方式，但绝对是她们母女俩彼此之间的口吻。他居然像模像样地模仿起一个死去的人，好像早有预谋，事到临头便做得天衣无缝。

不过这一招还挺管用，手机那边果然安心了："晚安，宝贝，做个好梦。"

他也希望做个好梦，或者一切都不过是个梦，第二天一早醒来，阳光照样照进窗户，她照样躺在他身边，生活照旧。如同无数次发生在他们中间的争吵，不管闹得多凶，寻死觅活的，最后总以和好告终。

回到房间，他没去动她的身体，也没去碰她的眼睛。他一直坐在床边抽烟，一支接一支，抽到黎明从阳台那边露出来。

透过弥漫的烟雾，他看到最先被晨光照亮的阳台一侧的大浴缸。这是他家与众不同之处，别人家的浴缸都在卫生间，唯独他家安在阳台上。他之前没意识到这个庞然大物的存在；或者说，没意识到这个庞然大物的存在对于他的意义。现如今，当晨曦照亮了浴缸，白色搪瓷上泛起一层红光，他的心突然抽动了，抽得有点怪异，令他浑身一震。随之，他感到轻微的眩晕，仿佛晕船了一般，眼前的这一幕呈现出非现实的奇景——浴缸被刺目的阳光照射，宛如一艘白色的幽灵船，从灰暗的海面浮现。

他呆呆地看着，喉咙发紧，僵硬的身子却松开了，泪水哗哗涌出来。他不知道自己为什么要哭，他边哭边转过身，把她连同床单囫囵抱起来，走到阳台上，轻轻放进了浴缸。

初 遇

张小申从车间出来，手指上的油污都没来得及擦干净，下巴夹着手机，笑嘻嘻地跟阿胖打趣："干吗呀？搞得火烧眉毛的，有桃花运等我啊？"一边快速打开储物箱，抽出领带，套进脖子。他这几个动作娴熟流畅，一气呵成，好像闭着眼睛都会。阿胖约他吃夜宵，说来了两个美女，让他快点打的过来。他也是随口一句玩笑，没想到竟然给自己说中了，这一夜，他还真有桃花运。

坐进出租车，张小申对着后视镜检查了一番他的领带，任何工作以外的场合，他的领带都是不可或缺的，打得整整齐齐，还有古龙香水，这两样是他的必备神器。他下巴尖，把领结打挺括了，脸便显出十足的精神。至于香水，男人一般都重视眼睛所见的，对气味多少有点忽略，却不晓得女人最吃这一套，她喜欢你的气味，也就喜欢上你了。

司机师傅大约没怎么见过一个大小伙在出租车里喷香水，瞟了他一眼，开玩笑说："新郎官啊？"

"我像吗？"张小申拍拍自己的腮帮。他有一张五官精致的脸，看上去非常秀气，不输给当红的电影演员。

"怎么不像？"司机师傅也是随口一夸，"你是我见过的最帅的新郎官！"

被誉为最帅的新郎官的张小申，就在那一夜第一次遇见了崔樱。阿胖说对了一半，来的两个美女只有一个名副其实，那就是崔樱。瓜子脸、大眼睛、樱桃小嘴、皮肤白净，留着短短的刘海，绝对属于手机自拍时代刷屏的标准美人。张小申见多了漂亮女人，但漂亮又文静如崔樱的，他没见过。与崔樱一块来的芳芳说，崔樱毕业于名牌大学，学的是哲学，眼下在一家广告公司做策划。"我们崔樱可是乖乖女呵，平常在家里都不出来的，今晚上你们有缘一睹真容，算你们运气，撞了桃花运了。"

"看一眼也叫桃花运？"阿胖嘀咕说。

"那当然了，你还想得寸进尺啊？"芳芳俨然是崔樱的保护神，专门对付不怀好意的阿胖。

"她不是桃花，她是樱花。"张小申突然冒出一句。

崔樱听了嫣然一笑，瞥了张小申一眼。那一眼亮晶晶的，跟别的女孩很不一样。别的女孩看他，都会特别留意他秀气的五官，她不，她的目光迅速掠过他的脸，停在他的后脖颈，那儿有一处小小的文身——一把宝剑。很少有人会去关注，尤其那些有教养的女孩，她们普遍讨厌身体上稀奇古怪的刺青。

阿胖油嘴滑舌地说："这世界只有桃花运，没有樱花运。"

张小申迎着崔樱的目光，也认真地瞥了她一眼，笑嘻嘻地说："那是因为桃花比较庸俗，适合阿胖你这种人。"

"好，好，只有你张小申配交樱花运，行了吧？"阿胖反唇相讥。

叫阿胖这一说，芳芳突然把手一拍，大惊小怪地说："哎，对了对了，你们俩还真是一对呢！张小申，张生；崔樱，崔莺莺，嘻嘻，像不像啊？"

阿胖莫名其妙："你在说什么？"

"傻瓜，《西厢记》都不晓得啊？好没文化！"芳芳打了阿胖一下。

阿胖被打醒了，恍然大悟："哦，你说张小申是张生？崔樱是崔莺莺？哈哈，你们俩前世就认识啊？有缘分！"

倒真巧了，张小申也没想到自己与崔樱成了一对才子佳人，他其实没读过几本书，对《西厢记》的故事稀里糊涂，只记得一个穷秀才翻墙去幽会，没睡小姐，先把小姐的丫鬟睡了。这是他认为最有意思的地方，印象深刻，不由得想炫耀一下，张口道："张生还有红娘呢。"说完了才觉唐突，哪有像他这样的，人家说他与崔樱是一对，他却非要拉个别的女人进来。

果然，芳芳哼了一声，鄙夷道："你们男人就喜欢三妻四妾，变态！"

张小申很是尴尬，脸红了一红，偷眼去看崔樱，这个学哲学的美女肯定饶不了他。但奇怪，她好像没听见他说什么，更没留意芳芳的抢白，专心往火锅里捞吃的。

这场景也够奇特，红汪汪一锅辣油，上下翻滚，蒸汽腾腾，把一个娇小文静的女孩包裹在热辣辣的烟雾里。她此刻就像奋不顾身的冒险家，一次次去尝试惊险至极的舌尖上的刺激，兴奋得满脸通红，忘乎所以。她的瞳孔都收缩了，吃一口，从座位上跳一下，伸着细细的脖子直呼气。张小申看着好笑，想起小时候玩火，既害怕火会烧到自己，又忍不住把它烧得越旺越好，火焰的美丽与危险同时吸引着他，给他刺激。他的裤兜里随身揣着火柴，一有机会便偷偷掏出来划一根，哧——火焰爆开，像烟花初放，照亮了他灰暗的童年。他的课本和作业簿都是被他烧掉的。有一次他在楼道烧一堆废纸，引燃了垃圾箱，霎时浓烟滚滚，惊动了消防队，救火车呼啸而来，差点把他当作纵火犯抓起来。

几乎电光火石间，张小申看到了不可思议的一幕，崔樱的后脖颈处也有一块文身，位置跟他的差不多，不过很小，小到藏在衣领下难以察觉。那是只袖珍蝴蝶，黑中带点青绿，颜色非常漂亮，随着她脖子的晃动，小蝴蝶看上去栩栩如生，振翅欲飞。

哈，这就是所谓足不出户的乖乖女吗？还是学什么高深莫测的哲学的？也太有意思了！难怪她会对他的文身感兴趣，原来她是他的同党，只不过隐藏得比他深一点而已。张小申自顾自地笑出来。

芳芳问他笑什么，张小申说："她跟你说的不一样。"

张小申的话没头没脑的，芳芳一脸懵懂："我说啥了？"

不等张小申回答，很莫名其妙的，崔樱却听明白了，并且知道张小申在说她。"我哪儿不一样了？"她放下筷子，一只手托住下巴，歪着脑袋，眼睛亮闪闪地看向张小申，仿佛频道切换，一眨眼工夫，眼前这个被火锅辣得直蹦跶的女孩恢复了乖巧文静的模样。

"你怕辣，又喜欢辣。"张小申说。

崔樱眼里的光亮瞬间黯淡，张小申的回答平淡无奇。"那又怎么啦？有啥好大惊小怪的。"她说完转开了脸。

"我给你看样东西。"张小申说。

在场的人谁也料想不到张小申会做出这种举动，包括崔樱。他当众脱了西装，解开衬衫袖扣，捋起袖子，露出胳膊上的文身，那是一把更大更长的宝剑，剑身沾着殷红的血滴。"酷吧？"张小申炫耀地把胳膊伸到崔樱面前。

芳芳叫起来："想吓死樱樱啊？你没毛病吧张小申？"

"他哪吓得死我，"崔樱笑笑说，"我吓死他还差不多。"

张小申愣了一愣，好大的口气！他的口气也大起来："你吓死我？就凭你那只小蝴蝶？有没有搞错！"

张小申霍地站起身，去解另一只袖扣，他有一身漂亮文身，有人叫他"九纹龙史进"，这是他最骄傲的地方。既然崔樱也好这一口，那就叫她见识见识，究竟谁最牛。

崔樱吃惊地看着他，忽然噗哧笑了，说："张小申，你可真逗！"

这是她第一次叫他名字，然后她又说出了另一个人的名字："窦靖童，你知道吗？"

窦靖童？不就是窦唯与王菲的女儿吗，崔樱提这小丫头干吗？张小申迟疑着点点头："知道啊，怎么啦？"

崔樱依然笑嘻嘻的，笑得有点神秘，好像她要告诉张小申一个大秘密："我喜欢窦靖童的死亡文身，哈哈。"

看着张小申云里雾里的样子，崔樱突然笑出了声。

张小申上网去查窦靖童，一查吓一跳，窦靖童的文身也太怪异了，从下巴一直延伸至锁骨，一条黑线，像刀劈一样，把下半张脸到脖子一分为二。难怪被人叫作"死亡文身"。网上说，窦靖童这条文身其实很暖心的，跟她同母异父的妹妹李嫣有关。李嫣生下来是兔唇，窦靖童为了安慰妹妹，不至于因手术留下的伤疤自卑，她给自己也来了条看起来像疤痕的文身。

难怪崔樱会笑他，张小申不得不承认，窦靖童的这条"死亡文身"酷毙了，而且里面还藏着这么个煽情故事，崔樱把她当偶像也不奇怪。但崔樱跟窦靖童会是一路人吗？张小申不由得对崔樱产生了好奇心，所谓足不出户的乖乖女当然只是表象，她的真相究竟如何，是不是像她藏在衣领下的那只小蝴蝶一样神秘莫测？张小申这会儿也有点吃不透了。

吃不透反倒更有吸引力，张小申决定约会崔樱。他没崔樱电话，绕了个圈请阿胖出面约芳芳、崔樱一块吃饭。阿胖对芳芳早有意思，巴不得这等好事，一口应承。张小申特意挑了家网红店，吃饭那天，阿胖和芳芳来了，崔樱没出现。据芳芳说，崔樱不想出来，她要在家看书。张小申很失望，嘴上不失礼貌地问一句："什么书啊？这么重要？"

芳芳随口报出了书名，很了不得的样子："《存在与虚无》。"怕张小申不懂，她补充说："法国牛人萨特写的，一本哲学书。"

张小申当然不相信崔樱为了读一本枯燥乏味的哲学书而不来赴宴，以他的经验看，崔樱显然对他没兴趣。他秀气的五官吸引不了她，这种情况实属罕见，无论哪个年龄段的女人，只要见过张小申的，无不对他的长相印象深刻。她们一致公认，英俊的小鲜肉多了去，像张小申这样长得特别干净、特别清纯的小男生却是凤毛麟角。

四人晚餐变成三人，最想请的那一位没来，来的另两位还是一对儿，末了却由你来掏腰包买单，世上还有比这更倒霉的饭局吗？张小申觉得面子上下不来，问芳芳要了崔樱手机号，给她发了条短信。

"干吗呢？吃饭都请不动你。"

随随便便一句问话，好像他们之间熟得很，有一种心照不宣的亲密感。这是对付矜持女孩相当管用的招数，他屡试不爽。

果然，崔樱那边很快回过来了，也是随随便便一句话："看书呗。"

出　家

崔樱再次听到张小申这个名字，是几天之后，芳芳告诉她，张小申失踪了。崔樱没怎么放心上，所谓失踪，在崔樱看来，大不了因为这儿那儿不顺，憋不住一口气，出去溜达一圈，到时候自然会回来，没啥大惊小怪的。只是现在朋友圈发达了，一个人在手机里忽然消失不见，你问他问的，便成了一桩新闻。

后来，无意中又听到张小申的行踪，崔樱倒是吃了一惊。据阿胖说，张小申出家了。这个张小申还真有点邪乎，无缘无故的，出家做什么？

从阿胖嘴里传来的消息不知是真是假，阿胖说，张小申因为个人感情问题受挫，一时想不开，断然看透人生，远离红尘。至于他谈的是哪个女孩，为何分手，阿胖也说不清，他只记得张小申有无数个恋爱对象，走马灯似的换。

这跟张小申留给崔樱的印象是一致的。很显然，长相秀气干净的男孩容易讨女孩喜欢，他肯定被宠坏了，虽然称不上轻浮，但言谈之间却总有那么一点自得。想想他们初次见面那回，他竟敢在她面前把衬衫袖子捋起给她看文身，要不是她及时把窦靖童搬出来，杀一杀他的威风，说不定他还会把上衣都脱光了，当面秀一把他性感的身材。不用说，她对他是警惕的，也不怎么舒服与他成了《西厢记》里那一对才子佳人。他倒把肉麻当有趣，自作多情地加上一个红娘，好像一男二女很光荣似的，他真以为他是情圣，女人都巴不得送上门跟他好啊？

这样一个人，怎么会为了失恋出家？崔樱百思不得其解，这在她认识的男孩当中肯定绝无仅有。是不是反过来说，其实他对感情还是蛮认真的，所以才有这么决绝的割舍？崔樱一念及此，便觉得自己有点错看了张小申。

阿胖给她看了张手机里的照片。张小申剃了光头，罩一身灰色僧袍，脚穿黑色布鞋，手拿一把大扫帚，站在寺庙前，那模样就像电视剧里的扫地僧。精神倒相当不错，眼睛黑亮，嘴角挂着丝笑意，说不尽的唇红齿白，挺迷人的。大约谁见了都会叹息一声："唉，多帅的小和尚啊！"崔樱当时心里也是一沉，手指下意识滑动屏幕，张小申的光头突兀地放大开来，青光光的头皮像只葫芦瓢。崔樱特地留意了一下，头皮上面并没留戒疤，这么说来，他还没正式受戒进入佛门？崔樱不知为何暗暗松了口气，心情一下子开朗起来。

后来回想，阿胖真是个多嘴的人，他肯定告诉张小申崔樱看过他的照片了。下次再见到阿胖，阿胖献宝似的捧出样东西给她，说是张小申托人带来的礼物。打开了看，是一卷手抄的《心经》。工工整整的小楷，字体清秀淡雅。阿胖说这是张小申专门为她抄写的。张小申还学过书法？崔樱定定地看着《心经》，眼睛落在"色即是空，空即是色"那几个字上，心里奇怪，张小申为何要专门写给她这个？他是劝她也看淡这世界吗？

她当时拒绝了这份礼物，借口她与张小申一点都不熟，受之有愧。她能想象到张小申失望的样子，他写这卷《心经》是认真的，一笔一画、一丝不苟，可她并不在乎。

张小申那儿再也没了消息。有几次见到阿胖和芳芳，崔樱忍不住想打听一下，临了又开不了口，她不是说过跟张小申一点都不熟吗？一个一点儿都不熟的人你又何必关心他记挂他？后来倒是芳芳向阿胖问起张小申，她说："张小申怎么样了？他难道真的想当和尚啊？"

阿胖摇摇头说："我也不知道，好久没联系了。"

芳芳说："奇了怪了，什么样的女人叫张小申这么伤心？"

阿胖说："就是，我也想见识见识，我一直觉得，能叫张小申伤心到出家的女人压根儿就没生出来呢！"

于是，夜里，就有一张女人的脸浮现在崔樱面前，朦朦胧胧的，看不真切。她凑近去，那张脸飘走了，越发神秘。伸手一抓，不料那张脸像纸片一样被撕下来，赫然一张画皮。崔樱惊叫一声，从床上坐起，原来是个梦。窗外电闪雷鸣，大雨倾盆，她恍然回过神，觉得自己实在莫名其妙，怎么会为了那个其实是陌生人的男人梦见一个不相干的女人？莫非她是着了魔怔了？

仿佛心灵感应，还真有人来回答她的惶惑与不安了，放在枕边的手机这时候忽然震动，屏幕亮了，唰地进来一条短信。完全是没头没脑的一句话："你害我大病一场，这下你满意了吧！！！"

一连三个惊叹号，像三颗炸弹。崔樱的脑袋嗡地响了一声，这一夜的遭遇太匪夷所思了，她不敢相信地睁大眼睛，瞪着屏幕上方的名字：张小申。没错，就是张小申！这深更半夜的，风雨交加之时，他怎么会给她发这样一条短信？不对，等一下，他真是发给她的吗？会不会发错了？发给另一个女人的？比如刚才她梦见的那个女人？

还有，张小申真的病了吗？他得的什么病？若真是病了，他干吗要给她发短信？她怎么害了他了？这八竿子打不着的事儿，怎么都莫名其妙冲她来了？背后有没有人在捣鬼啊？崔樱脑子一片混乱，等她稍微理出了点头绪，她说服自己这可能不过是场误会，很奇怪，她反而又有点沮丧了。

这一夜，她第一次失眠。

然后，又是石沉大海，什么消息也没有了。这中间，家里给她介绍了个对象，机关里的公务员，家境非常好，有房有车，她父母特别满意，催着她去见面。她提不起兴致，不过约会那天还是精心修饰了一番。她的美貌在相亲的男人面前总是效果非凡，这次也不例外。公务员肯定见过她的照片，见到她真人时依然喜出望外。想来他在单位侍候领导惯了，谨小慎微，在她面前更是唯唯诺诺，一副提前要做模范丈夫的样子。其实两人并无多少话可说，公务员不停帮她夹菜，避免了许多冷场和尴尬。她也努力显得有教养，面带笑容，细嚼慢咽，全心全意地把碗里堆得满满的菜全吃下去。

这一餐，她吃撑了，逃也似的跟公务员告别，扶着电梯门出来，居然有恶心感。她便又匆匆折回，跑进卫生间。抱着抽水马桶，她让自己痛痛快快吐出来，真是翻江倒海。吐完了，她一屁股坐到马桶盖上，无端地觉得委屈。

往下的时间无聊又讨厌，她跟自己闹起了别扭，那是深埋心底的怨恨：你为何要答应跟这么无趣的男人相亲？

你这不是自作自受又是什么？怨恨一旦开启，便漫漶到无边无际，推己及人，她生父母的气，也生公务员的气，连公务员的殷勤都变得十分可憎了。

就在这时，她的脑海里闪过张小申的影子。要是他看到她今日的遭遇，会不会嘲笑她？这样一想，她眼前便现出了张小申那张秀气干净的脸，幸灾乐祸的，挂着一丝若有若无的坏笑。"你这家伙！不理你了。"她赌气走开，他却换了个姿势，双手叉腰，故意露出胳膊上的文身——两把滴血的宝剑。像是要显摆给她看，他把脖子也扭过来，露出藏于颈项后轻易不见的小宝剑，仿佛那是他与她之间的特殊暗号。"哈，别跑啊，"他说，"不记得我了吗？我是三剑客！"

她被逗笑了，"三剑客"，亏他说得出来！武侠小说读多了，他还以为自己有多能呢，三剑合体吗？她冲他"呸"了一声，想跟他说句什么，一眨眼，他却像刮过的一阵风，消失不见了。

崔樱茫然地站在马路边上，不相信刚才那一幕是幻觉，身前身后车来人往，没一个是她认识的。他们与她何干？她从哪里来？要往哪里去？她怎么会在这里？她顿时有时空错位的荒诞感，以前读过的好些哲学命题不期而至，把她带到虚无之境。

她于是决定去云水寺看看。

云水寺在邻省境内，没通火车，她是坐长途汽车去的。车子过了平原，渐入山区，一路景色优美。最美的是竹林，顺山势绵延起伏，重重叠叠。其间小溪环绕，云起雾罩，恍如人间仙境。还没到云水寺，崔樱已明白过来这"云水"二字的意思，难怪张小申要来这儿出家，他还是有点眼光的。

愈往山里走，愈显冷清，人迹罕见处，美到惊心动魄，精彩绝伦，像看一幅山水长卷，一路铺展开去，目不暇接。终于到了站点，下了长途车，换乘当地农民的小三卡，突突突地响，摇摇晃晃开过一段土路，停在山门前。

云水寺比她想象的要小许多，却又比她想象的要热闹。为何如此这般模样？她的想象又从哪儿来的？她不及寻思，便被山门前卖香烛的妇女叫住了，那妇女不由分说塞给她一大包香烛，说："买吧买吧。"

她一脸迷糊："干吗？"

妇女责怪她："哪有进庙不烧香的？小姐你好不懂事呵。"

果然人人手上都是大包小包的香烛，那就买吧。她顺从了妇女的意思，掏出钱来。妇女却一摆手，问她说："你来求什么？婚姻还是子女？"

她脸一红，说："我还没男朋友呢。"

妇女说："求恋爱也一样，烧一个人的哪成啊？双份！"

结果她捧着妇女硬塞过来的双份香烛，进了云水寺。这时候她才想起，要是见到张小申，她该怎么说？她总不能说她是来看他的吧？

她马上庆幸自己买了双份的香烛，在前殿烧一把，再到大雄宝殿去烧，顺理成章把整个庙都逛遍了。假若她足够幸运，她会碰上那个"扫地僧"的。这种场景以前在电视剧里看到过，今天自己也要亲历一番了，崔樱觉得好笑，却也禁不住耳热心跳起来。

庙里间或有和尚走动，老老少少各种年龄，也有留着头发却穿僧袍的，不知是不是俗家弟子。崔樱双手合十，装模作样烧香磕头，眼光却在和尚身上瞟来瞟去，像个不正经的女人。饶是如此，她仍一无所获。凡经过她面前的，没有一个名叫张小申的年轻和尚。

崔樱犹豫着要不要找人问问，转身进了院子，机会来了，她看到一个和尚在路边扫地。和尚背着身，僧袍宽大，在风中扬起，看上去好不潇洒。不假思索地，崔樱就把他当作了张小申，也许崔樱的潜意识里，在云水寺当和尚扫地的只有他张小申这个人。

"是你啊，张小申！"她脱口而出。

和尚扭过脸来："施主，你叫我？"

也是个年轻和尚，却不是张小申，她认错人了。崔樱当即尴尬地站住，满脸通红，不知如何是好。

和尚双手合十，念了句阿弥陀佛，一双眼睛只顾在崔樱身上转来转去："施主来云水寺也想出家吗？"

这是什么话？这和尚也太莫名其妙了。不等崔樱回答，和尚又道："我们寺庙有出家体验班的，施主要不要尝试一下？"

原来出家也有体验班，这和尚是在推销生意呢。崔樱恼了，大嚷一声："谁要出家了？！"她的声音突兀尖利，像平地刮起的冷风，把和尚呛得倒退两步，唯唯诺诺的，再也不敢多嘴。

崔樱的云水寺之行，乘兴而去，败兴而归。她坐在回程的长途汽车上，看着窗外被暮色遮蔽的荒野，忽然怨起了张小申。都是他！他怎么到这种地方来出家？害得她白跑一趟。下次要是遇见他，非找他算账不可！

这句话刚在心里头对自己说出来，崔樱便愣了一愣，随即冒出个念头：她与张小申，难道还有下次吗？

浴　缸

把死去的人放在浴缸里，那会是怎样的一种情形？张小申自己也不清楚。

说到这只浴缸，还是当初他们结婚时崔樱提出来要装的，她没别的条件，只要婚后的家里有一只浴缸。对她这样家境优渥的女孩来说，跟着张小申过日子，穷一点苦一点都可以克服，洗澡则不能马虎，每天能泡个热水澡，是她最低的生活需求。

但这当时他也差点儿办不到。他没自己的房子，这间老工房还是父母让出来给他做新房的，结构老旧，卫生间只安得下洗脸盆和抽水马桶，要再扩出空间放一只浴缸，绝无可能。他也是穷极思变，想到可以利用阳台。阳台最有利的条件是有排水管道，用铝合金窗封好了，装上热水器，接进冷热水管，安置下浴缸，一间专用的浴室就完工了。崔樱对此相当满意。阳台朝南，阳光充足，崔樱最喜欢冬天早上躺在浴缸里泡澡，一层薄薄的纱帘遮挡了对面窗户的视线，阳光却可以暖洋洋地晒进来，晒在她身上，像躺在南方的海滨浴场，一边还可以听音乐，刷手机，享受极了。

当然现在他不是给她泡澡，她已经死了，再泡也活不过来。他从网上找到了制冰厂，其实一切都挺方便的。冰块很快送到了，足足四大蛇皮袋。快递小哥以为他做水产生意的，把冰块卸下后，探头探脑地往房间张望，说："你倒弄得蛮干净的，一点鱼腥味没有。"

他赶紧关门，堵在门口说："小本生意，没花头的。"

快递小哥反倒有点不信他的话，问他说："做水产生意应该在一楼方便，你在二楼怎么做啊？"

他心怦怦乱跳，多给了快递小哥几块钱，支吾着把他送下楼。快递小哥要加他微信，说下次送冰块再找他接单。他推说没带手机，逃也似的奔回房间，打定主意下次一定换个厂家，千万别再碰上这种喜欢多管闲事的家伙。

他将冰块倒进浴缸，盖住了崔樱的身体。冰块窸窣作响，冒起一层寒气。张小申头脑里闪过一个念头，她的皮肤会冻坏吗？以前她最爱护的就是她的皮肤了，无论冷热都要涂好几层面霜和护手霜。她一定受不了这样的严寒，她的美貌必定也冻僵了，变得丑陋不堪，甚至恐怖万分。那么，他还认得出她来吗？张小申很想揭开床单看一眼，却又害怕起来。但不看，心里好像也不踏实。

到这时他才发现，崔樱死了，其实也可以说没死，因为她还与他同处一个空间，他每时每刻都能感觉到她的存在。当他转身，冷不丁地，他会意识到背后有目光注视着他。浴缸是敞开的，埋在冰下的崔樱完全有可能透过半透明的冰块看到他。这使得他惊出一身冷汗——事实是崔樱被裹得严严实实，连一缕头发都没露出来。可他就是放心不下，他又去把他们俩盖的那床被子拿过来，压在冰块上，再找来一条毛毯包住浴缸，毛毯上搁上几只泡沫箱。

好了，浴缸终于完全遮住了，隐藏于泡沫箱底，如果不存心去留意，谁都会以为那只是阳台上的一堆杂物，而绝无可能想象得到，家里的女主人就躺在这里面。

他暂且先跟这个冰冻的女人和平共处吧。他一定要搞清楚，崔樱已经死了，死人是不会爬出来打搅到他的，他尽可以放松，想做什么就做什么，再也没人在他面前唠叨他，抱怨他了。

另一方面，他又不能让别人知道崔樱死了，他必须让她活着。刚刚崔樱的手机响了，看屏幕是她单位领导打来的，领导肯定是来查问她今天为何没去上班，也不请假。铃声响得他心惊肉跳，他扑上去把它掐掉。过了几分钟，铃声再度响起，一副不依不饶的样子。他认识崔樱的那位领导，喜怒无常，什么事都会穷追不舍。他不知如何是好，慌乱中把手机丢进了垃圾桶，想想不对，又掏出来塞进枕头底下。

铃声总算安静下来，他也安静下来，其实这事并不难办，他慌什么呢？他也太没出息了。他取回手机，给崔樱的单位领导发了个微信，是以崔樱的口气写的："我身体有点不舒服，不好意思，请假三天。"

单位领导显然很不乐意，硬邦邦地回过来一句："以后早点说。"

他马上回过去一个："谢谢领导。"

领导那边没了声息，应该是默认了。这段时间他与崔樱经常吵架，还闹过离婚，崔樱没心思上班，单位领导对她有看法，说不定正等着她辞职呢。也是运气吧，暂且先过这一关，他松开手机，仿佛一块石头落地。等崔樱母亲再打来电话，他已有所准备，故意不接电话，等到铃声停止，他发过去一个微信："妈，你找我？"

"干吗不接手机？"

"没有啊，好像手机坏了。"

"坏了？那你现在不是还能用吗？"

"是通话功能坏了，别的可以的。"

"赶快去修，手机最要紧。"

"不是还有微信吗？你以后发微信好了。"

"妈老了，打字，用不惯。"

"老了也要学习，越老越要学习，这样不会得老年痴呆症。"

……

没错，崔樱与她母亲之间的微信通常如此。老年痴呆症这样的词，不是他凭空想出来的，他看到崔樱跟她母亲说过好多次。她总是嫌她妈烦，母女俩有隔阂。追根究底，这隔阂还是他造成的。

他记得他们正式好了之后，崔樱抱着他，忽然哭了。崔樱说："张小申，你知道吗？为了你，我跟家里都闹翻了，我现在孤身一人了。要是有一天你抛弃我，那你太对不起我了！"

经历了大半天的手忙脚乱，恐惧战兢，他基本上成功地将崔樱从她的手机上复活了。

对于和崔樱有过联系的人来说，包括她的亲戚、同事、朋友，这个世界什么也没发生，他们所熟悉的漂亮女孩平安无事，仍跟她的秀气男孩相亲相爱，像童话里的公主和王子，过着幸福快乐的生活。唯一的变化是崔樱的手机通话功能坏了，她暂时不想换手机，请大家微信联络。他们谁也没觉得有什么不妥，说不定他们心里也在想，哪天他们也像崔樱那样，关了通话功能，安安静静过几天俩人的日子。

张小申绷紧的神经松弛下来，他又侥幸逃过一劫。换句话说，他又多活了一点时间。他不是不知道，他的结局已定，现在开始的每一分钟都是倒计时，他只想多挨一会儿，挨多久等于赚多久。

这一切，也不是他精心谋划的，相反，完全是出于偶然，出于恐惧。真奇怪啊，有时候极度的害怕反而给人勇气，让人做出平常根本做不出来的事情。

张小申决定出去好好吃一顿。以前他和崔樱闹别扭，吵架，不管吵多凶，寻死觅活的，都准备要一块跳楼拉倒了，然后他们出去吃最后一顿，吃完了，气也消了。人的嘴是火山口，怒火都从那儿喷射出来，而胃却像只大水坑，填满了，人也就安静了。

他去了一家有名的日式料理，奢华的自助餐，有帝王蟹、龙虾、鲍鱼、牡蛎，各种刺身摆在造型别致的器具上，琳琅满目。他掏出崔樱的手机，一一拍了照片。日式料理是最上照的，食物新鲜，衬着晶莹透亮的碎冰，简直是艺术品。他随即把这些艺术品发到朋友圈，当然用的也是崔樱的手机。

这会儿，读到这则微信的人，都知道他与崔樱正一起享用美食呢。

"今天是啥好日子啊？老公大方请我。贵死了，偏要来这种地方，发什么神经嘛……"

崔樱喜欢在朋友圈撒点娇，发发嗲。秀恩爱，那是必须的。日子久了，他也学会了她那套腔调，必定带点埋怨，带点数落，人家就这公主脾气嘛，却是欲扬先抑的效果。说到底，还是享受被宠爱的那份满足。用崔樱自己的话来说，真爽啊，那感觉，每个毛孔都浸在蜜罐子里，幸福到死。

果然，朋友圈反响热烈，收获无数点赞。有人说，你老公好宠你呵，居然说他神经；也有人说，我老公要是像你老公这样发神经就好了；还有人说，羡慕嫉妒恨，有人身在福中不知福……

那些人都是她的闺蜜，说话可以口无遮拦，越是这样，越能看出她们对张小申的好感。看来崔樱在她朋友圈所宣扬的她老公的形象始终是正面的，甚至是完美的。他俩要死要活闹过的离婚风波，在她的舆论管控下滴水未漏。真太难为她了，这个崔樱！张小申眼眶一热，觉得自己都被感动到了。

张小申也用自己的手机发了朋友圈，当然是为了证实崔樱所言，这一切都是真实发生的。他写的话比较简洁：

"今天做一次富豪，请太太。"

立刻有他和崔樱共同的朋友跳起来说："你们俩太过分了，叫我们怎么活啊？快停止放毒！"

如果回过头去看，他做的并非天衣无缝。以往他俩在餐桌上发朋友圈，除了菜肴，必定会发一两张他们自己的照片。但这次没有，他们的幸福，第一次没写到脸上。不过，那又何妨呢？谁也不会留意过于丰盛的餐桌上缺了什么，包括细心的崔樱母亲，她发了个流汗的表情，紧接着在下面教训女儿说："日子不是这样过的，有的时候胡吃海喝，没的时候吃糠咽菜。"

张小申不清楚是不是崔樱母亲的这句话刺激了他，还是他原本就有这样的心思，只是自己没表露出来，叫崔樱母亲这一说，他马上付诸了行动。他把服务员叫过来结账，拿出崔樱的信用卡。昨晚他采取过一些简单的善后措施，崔樱的个人物品他都理了一遍，最重要的是身份证、存折、信用卡，他将它们都装进自己的腰包。崔樱收入比他多，信用卡额度比他高，以前，基本上是他向崔樱要钱。崔樱不小气，一般都会给他一点，但更多的是没完没了的唠叨。那真是可怕的交换，他后来宁愿不要她的钱，只希望她闭嘴。

现在好了，他大大方方刷了她的钱，她也不会说什么了。看着POS机的纸条上吐出一串金额，他真有种别人买单他消费的快感。

"先生，请签字。"服务员递给他纸条，他龙飞凤舞地签上崔樱的名字。服务员大概认出这名字是女的，疑惑地看看他，把信用卡翻过来，想对照上面的签名。

"是我太太。"他主动解释。

服务员笑了："你太太对你真好，卡都给你用。"

"那当然，我们是一个人嘛，她的就是我的，我的也是她的。"

"你太太好有福气。"服务员恭恭敬敬把卡还给他，一脸羡慕。

假若服务员知道他太太已经死了，此刻就躺在家里的浴缸里，身上堆满了冰块，她还会羡慕吗？这个念头在张小申离开时忽然跳出来，把他自己也吓一跳。

有了第一次，就有第二次。张小申从日式餐厅出来，边走边逛。这一带是市中心，高档商铺林立，其中就有张小申最喜欢的阿玛尼专卖店。关于阿玛尼，张小申一直可望而不可即。说起来可笑，张小申都没正经进去过这家店，因为他听人说，这种顶级名牌店里的女孩眼睛特别尖，带刺的，她从头到脚打量你一眼，就基本上可以断定你有没有钱买她们家的东西。张小申在这样毒辣的眼睛刺中他之前，先认怂了，他知道自己再装逼，最后还是跟女孩预料的一样，买不起哪怕一件阿玛尼的衬衫。

今天不一样了，今天他非买不可。他完全无视她们带刺的眼光，在店里昂首阔步，挑挑拣拣，把看中的衣服都试了一遍，试衣间叫他一个人霸占了，那气势就跟迪拜来的王子似的。店里的女孩也乖巧，服侍周到，他每试穿一件，她们都说好。他相信她们的赞誉是真心的，一个白皮肤、尖下巴、大眼睛的秀美男孩，有什么比阿玛尼的中性风格更配他的气质呢？

张小申一口气买了全套的阿玛尼新款，除了一根领带是暗红色，其余从头到脚从里到外全套黑色，连衬衣都是黑的。店里见多识广的女孩也没见过这样一黑到底的顾客，劝他要不要换件白衬衫，对男人来说，白衬衫永远是经典。张小申断然回答说："错，对阿玛尼来说，黑色才是永远的经典！"

张小申敢这样说不是无缘无故的。好多年前，张小申还读初中就迷上了阿玛尼，那时阿玛尼只有香港、上海等超级大城市有专卖店，他靠着时装杂志上的图片来满足自己的好奇心。那段日子异常艰难，他被父母寄养在姨妈家，每个月只有十元零花钱，可他窄小的床头已贴满了阿玛尼的图片。

后来等到这家阿玛尼专卖店开张，他激动坏了，第一次走出图片，亲身去店里体验。他原以为自己是非常熟悉阿玛尼的，其实不然，那天阿玛尼给他以全新的诠释——他看到整橱窗的黑！无论模特儿身上穿的，还是衣架上陈列摆设的，每一件阿玛尼都是黑色的。他极其吃惊，同时也醍醐灌顶，世界上最华贵的不是五彩缤纷，而是单一的威严的黑。

黑到有点嗲，有点妖，那就真高级了。那就是阿玛尼的精髓了。

眼下，穿在张小申身上的黑的效果，正是如此。张小申相信，他把店里的那几个女孩都给震慑了。她们说，他比时装杂志里的模特儿都帅。边上有顾客也围过来看，其中一个跟崔樱长得有点像的瘦高女孩，把他当成了高富帅，一个劲夸他，看他的眼神都有点含情脉脉了，她说的话也最到位，她说，张小申简直就是为阿玛尼而生的。

可惜，崔樱看不到了。他曾经跟她说过，将来他有了钱，第一件事情就是买全套的黑色阿玛尼。崔樱回答他说："别做梦了，你永远不会有这个钱。"

她说得对，他至今没这个钱。但他却用她的钱做到了，这可是她始料未及的吧？张小申掏出崔樱的信用卡，潇洒地递给服务员。信用卡在 POS 机上划了一下，唰一声，崔樱卡里的五万多元应声而去。

张小申大包小包满载而归，欢乐却是短暂的，晚上在家的日子并不好过。他努力不让自己去看阳台上的浴缸，也不去想。这其实并不是件容易的事。房间变大了，变得空荡荡，灯光不够亮，角落藏着暗影，风吹窗帘，偶尔晃动一下，总觉得怪怪的，汗毛都会竖起来。没办法，张小申把所有的灯都打亮了，把台灯移过来专门对付死角，不留灯光照不到的地方。

这间老旧的房子从未像现在这般通体透亮，宛若置身于无影灯下。到这时，张小申总算弄清楚自己害怕什么了：鬼魂！崔樱的鬼魂！崔樱埋在碎冰之下，冷冻在浴缸里，可并不意味着她不会出现。他听说过鬼都是有影子的，所以叫鬼影。他必须把影子都消灭掉，这样再厉害的鬼便也失去了行动能力。

终于弄妥了，灯光通明的房间没一丝阴影，没一寸鬼魂可以站立之地。但张小申还来不及松口气，随即发现房子外面也有问题，过道上老有响动，老有人走动。旧工房没安电梯，楼梯的使用频率非常高，有人喜欢上下楼奔跑，那响动就像暴风雨的节奏。这种节奏具有特效，在电影里通常出现于公安人员抓捕犯人之际，脚步声到了门口，一阵急促的敲门声响起。"谁啊？"随着惊恐的问话，门砰地打开，公安人员一拥而入，黑洞洞的枪口顶住脑门，一声断喝，"不许动！你被捕了！"

银幕上的这些画面印象太深了，一直停留在记忆深处，现在又被他唤醒。有好几次，他听到楼梯上的脚步声和楼道边的敲门声，产生了错觉。他们是来抓他的！"我不是犯人，你们搞错了。"他惊恐万状，连连狡辩，公安人员也不搭话，冷笑一声，砸开浴缸上的碎冰，于是，冻成冰人的崔樱浮现而出。

张小申又一次落荒而逃了。他没去离家不远的那个小公园，昨晚上他在那儿留下了作案后惊恐万状的记忆，他不想重温，他只想跑得远远的，去他不知道的地方。于是他的脚步带着他往人流多、灯光亮的方向奔去。也不知奔了多久，他来到一个广场。场景忽然转换，好像到了白日，阳光特别强烈，四处白晃晃的，台阶上坐着一个冰人，给阳光烤化了，流下一摊冰水。他怔愣片刻，觉得这冰人有点眼熟，但随着融化的加速，冰人的身体轮廓很快消瘦下去，五官也彻底模糊了。最奇怪的是，冰人融化后的那摊水越积越多，在广场上形成水池，四处流淌，很快浸湿了他的脚底。

他赶紧拔腿离开，积水上涨的速度极快，一眨眼工夫就没过他的脚踝，他拼命逃奔，这水黏稠稠的，像有弹性一般拉扯住他，使他脱身不得。他摔倒了，整个人淹没在冰人融化的冰水里，他呛了一口，有一股血腥味，原来是一片血水……

手机铃声将他惊醒，他做梦了，一个噩梦。真是可怕，融化的冰人！这不是没有可能发生的，比如天气转热，碎冰融化，有一摊水在浴缸底下漫延开来……张小申打了个激灵，跳起来冲进阳台，扑到浴缸那儿。还好，地面是干的。他有掀开毯子的冲动，挖掉冰块，抱起浴缸里的那个冰人，让她把他一块儿融化，化为泪滴。

电话是张小申母亲打来的，黑龙江长途。他父母现在都在黑龙江，本来退休回了老家，因为他要结婚，父母把房子让给他。母亲一直叫他待崔樱好一点，能娶到人品、相貌、家境都属上乘的本市女孩，算他前世修来的福气。"这辈子你千万别糟蹋了。"母亲千交代万嘱咐，唯恐他与崔樱过不下去，将好不容易安在城里的家给拆了。

母亲最在乎这个大城市的家。可他不光把这个家拆了，家里的人也死了，真正家毁人亡了。

这个电话他接不起来，他任凭铃声响着，积蓄了两个晚上的悲伤终于决堤。他哭了，哭得泪如雨下，撕心裂肺。"为什么会这样？为什么？"他问自己，一边用手去拍打浴缸，也问浴缸里那个再也不会回答他的人。

重　逢

最大的戏剧效果一般都出现在最平常的场景中，而不是刻意营造出的某种氛围里，比如张小申的归来。

对于张小申的归来，阿胖称之"还俗"。他充满了惊奇，逢人便说："这是我朋友，你看得出来吗？前段时间他还是和尚呢，他当和尚去了。"

还真看不出来，张小申的头发已经长出来了，不长，一板寸，那种毛茸茸的感觉反而让他显嫩。皮肤比以前白，看上去更秀气。他要的也是这种效果，可以想象，崔樱见到他，会是什么反应。她一定会觉得，他什么都没变，但又似乎什么都变了。

他交代阿胖不要透露任何信息，只是普通的一顿饭局而已，放在一间同样普通的小饭馆，阿胖来做东，请的都是他俩的熟人。他特意提到崔樱，阿胖倒没在意，反而打趣说："那当然了，你们是才子佳人嘛，张生回来了，崔莺莺能不请吗？"

那天他故意迟到几分钟，见到他的人果然大感意外，仿佛见到外星人，发出一阵尖叫，阿胖拼命鼓掌，芳芳说了句很动人的话："欢迎回家。"好像在座的这些朋友都成了家人。

只有她最安静，微微低着头，冲他笑笑。张小申从她一闪而过的眼神中看到了惊喜，恍如深井微澜，动静不大却余意深长。

吃饭的时候张小申坐到了她身边，并没跟她说上几句话。他不停喝酒吃肉，阿胖叫他讲讲出家故事，大伙儿也想听听，那是多好的下酒菜啊。他看到她脸上同样充满期待，但他连连摆手，一口回绝："说不得说不得。"

芳芳喝多了，搂着阿胖的脖子问张小申："为什么说不得？和尚还有啥秘密吗？"

张小申竖起一根指头，像打禅语似的："有些事一说便俗。"

阿胖叫起来："你的意思我们都是俗人？罚酒罚酒！"

他甘愿罚酒，跟每个人喝一杯。轮到崔樱，他跟她碰了一下，忽然凑近她耳边，轻声说："我还真有个秘密，想不想听？"

她显然没料到他会来这一手，呆了一呆。

"知道我为了谁去出家吗？"他咬着她的耳朵说。

"······什么？"她睁大了眼睛，思维却还没跟上来，结结巴巴的，不知怎么回答他。

"你！"他说。

这是个石破天惊的单词，"你！"，他终于把它说出来了，而且他的表情也告诉她，他是认真的。

她当然听明白了，却拼命摇头。阿胖和芳芳都以为张小申说了什么醉话，冒犯了崔樱，叫张小申再罚一杯。

张小申二话不说，连喝了三杯。"我说的是真的！"张小申白净的脸泛起红晕，大声对她嚷嚷了一句，根本不在乎别人都听见。

这太荒唐了，张小申真是疯了。崔樱有些生气，更多的是慌乱。她得去安静一会儿。她起身离开，躲进了卫生间。

更疯狂的事还在后头。崔樱从卫生间出来，到洗手池洗手，张小申也进来了，他啪一声锁住了卫生间的大门。洗手池是男女共用的，张小申把大门一锁，等于把整个男女卫生间都给锁了。

"你干什么？"

"我想告诉你，我第一眼见到你就喜欢上你了，可你瞧不上我，你这么高傲……你知道我有多绝望吗？"

崔樱竭力使自己冷静，拧大水龙头，水哗哗流淌："你这人莫名其妙……"

"所以我只有选择出家，去当和尚。"

"这不关我的事。"崔樱说。

"是，是我自作自受！为了你，我什么都愿意。"

这种话还没有人对崔樱说过，够肉麻，够赤裸裸的。她紧张起来，浑身冒汗，想要赶紧离开，两条腿却不听使唤，两只手机械地在水龙头下揉搓着，像是要搓去一层皮。

突然，张小申上来抓住了她的手，就在水龙头底下。"洗手得来点儿洗手液，"他挤了点洗手液在她手上，"你搓这么重，会把手搓坏的。"

他的手覆盖在她手上，在洗手液的润滑下，他白净纤长的手指居然有一种女性的温柔。他的胆子也太大了，怎么可以摸她的手，而且这样堂而皇之？

崔樱猛地扬起手来，啪地抽了张小申一巴掌："流氓！"

张小申给打蒙了，好在崔樱的手抹了洗手液，滑溜溜的，抽在脸上并不疼。

崔樱已打开卫生间的门，冲了出去。

张小申凝视着镜子里的自己，半边脸满是泡沫，看上去特别滑稽。这就是羞辱，他都为她出过家了，结果还是跟什么也没做一个样，崔樱仍然瞧不上他。这一记耳光活该他受的。

一滴洗手液滑下来，滑到嘴边，张小申伸出舌头舔了舔，甜丝丝的，味道并不坏。张小申索性把洗手液全抹到嘴上，对着镜子，用力伸长舌头去舔。舔着舔着，他朝镜中这个秀气又怪异的男人哧哧笑出来。

崔樱提前走了，张小申又去喝了会儿酒。阿胖和芳芳根本猜不到发生了什么，所以也没当回事。张小申喝着无趣，拎起一瓶酒顾自离开。

他在路上把这瓶酒喝完了，醉醺醺地走进地铁站，正是夜间的高峰时段，地铁里挤满了人。大约张小申身上的酒气比较刺鼻，站在他身边的一个女孩嫌恶地转开了脸。车身晃动，他无意中碰到女孩，女孩越发憎恶，掏出餐巾纸捂住鼻子，整个过程中女孩都没回头瞧张小申一眼，只顾把玩自己的手机。

张小申有点生气了，他故意贴住女孩的身体，他能感觉到，女孩的身体绷紧了，竭力闪避，但车厢的空间太小，女孩无论往哪边躲，他总能贴住她，要么是肩膀，要么是后背，还有屁股。

女孩的身子终于整个儿僵直了。这就好，他知道女孩已无计可施，像个羔羊一样任他宰割。他把手伸过去，按在了女孩的屁股上。

　　这一分钟对女孩一定无限漫长，对他也是。人太多了，何况碰上一个醉鬼，女孩不敢喊出来。他看着地铁到站，在女孩的屁股上狠狠捏了一把。

　　女孩还是没喊，等他跳出车门，女孩才张大了嘴巴，猛地回过头来。他与女孩的脸对了个正着。

　　女孩刚要发出的尖叫声戛然而止，好像卡在了喉咙里，嘴仍大张着，她的目光充满惊愕，似乎不敢相信刚才的这只咸猪手居然出自如此秀气的小伙子。

　　张小申乐坏了，冲着车厢里的女孩做了个下流手势，哈哈大笑。

　　女孩完全傻掉，眼睁睁看着车门合上，地铁启动，站台上的那个小伙子一闪而过。一直到地铁钻入隧道深处，女孩可能都回不过神来，刚才的那一幕是不是真的发生在她与这个漂亮小伙子之间。

奇　迹

　　惊悚、错愕、厌恶、恐惧、憎恨……一连串混乱的情绪过后，对于卫生间里发生的那一幕，崔樱居然有一丝莫名的兴奋。这到底怎么回事？她不清楚，回头去想，只觉得这绝对是电影里的镜头，而且还是好莱坞电影。

　　一对男女主角，在一个派对上偶遇，男主角对女主角一见钟情，当场求婚，女主角不允，男主角追到卫生间，锁上门，一把将女主角搂进怀里，女主角于是给男主角一记响亮耳光。多少部电影都演绎过如此精彩的桥段，崔樱具体记不清了，只记得每次看到男女主角跑进卫生间，锁上门，她就紧张得想要尖叫。电影通常会安排几个配角，充当吃瓜群众。这帮傻瓜使劲敲卫生间的门，却不知道里面的好戏正在上演。

　　吃瓜群众的出现无疑加剧了男女主角之间的张力，他们要不搂得更紧，要不就是怒目相向。最后却殊途同归，必然以一记耳光终结。

无一例外的，挨耳光的也总是男主角，在漂亮迷人的女主角面前，再高贵的男人也是欠一记响亮耳光的，这就是好莱坞在崔樱心目中光彩夺目之处。

但是，她从未想过，有一天类似的故事会发生在自己身上。原因很简单，她认识的哪个男孩会追她追到卫生间？并且插上锁，握住她的手，跟她说第一眼见到她就喜欢上她了？除非他疯了。这种疯子在她的生活圈子里还没生出来呢。

实际的情形却并非如此，有人还真为她疯了，就在今天晚上。崔樱躺在床上，辗转反侧，无法入睡。这个张小申，他给她的刺激太大了。难怪那个风雨交加、电闪雷鸣的晚上，他会给她发短信："你害我大病一场，这下你满意了吧！！！"据他说，他在云水寺真的大病了一场，都觉得快要死了，他一个人爬到山顶，准备跳下去一了百了。悬崖高耸入云，山风从他脚下吹过，有一朵云影飘来，闪烁五彩之色，他惊奇地睁大眼睛，没想到他临死前还能看到五彩祥云，莫非他命不该绝？又一阵风过，云影忽然变幻，五彩光芒中现出一个女人的脸。他以为菩萨显灵，但不，他看到了她的面容，是她的容颜化为了五彩祥云。千真万确，原来她不让他死，她要救他脱离苦海。于是他放弃了自杀，离开云水寺回来找她了。

崔樱吃不准他讲的是真的还是编的，但假若是编的那又如何？他可以为了追到她而不惜一切，这是她无法否认的。

崔樱越想越兴奋，想得肚子都饿了，半夜起来烧方便面吃。厨房里叮叮当当的响动惊醒了她母亲。

"我当谁啊？半夜三更的，饿死鬼出来了。"母亲心疼地嗔怪她。

"你家的饿死鬼最好打发了，一碗方便面而已。"她笑吟吟地跟母亲打趣。

母亲却"呀"地叫了声，一只手按住她额头："你发烧了？"

"好好的，发什么烧啊？"

"还好好的，瞧你这脸色。"母亲把她推到镜子前，她自己也吓一跳，她两眼水汪汪，面色绯红，艳若桃花。

可她并没感冒，也没发烧。"怪了，"母亲说，"怎么看上去烧得这么厉害啊？"

"别瞎操心了，妈，我没事的。"话虽这么说，崔樱心里也为自己反常的生理表现暗暗惊奇。她怎么会这么亢奋？那可不是她的理性，或者情感所能掌控的。在她觉得自己一点都不乐意，甚至仍还排斥张小申的时候，她的身体首先背叛了她，公开发出异样的信号。

这个信号就是，她身体里面，一个看不见的神秘的地方发烧了。

母亲毕竟过来人，有她本能的敏感："哦，你跟小林谈得还好吧？"小林就是母亲介绍的那个公务员，母亲对他特别满意。

崔樱没吭声。

母亲以为她难为情，笑说："小林这样的男孩，你喜欢也是应该的……"

崔樱一下恼了，说："妈，你以后别再跟我提这个人，我跟他根本就没关系！"

母亲吃了一惊，不明白她为何突然翻脸："你这孩子，胡说什么啊？不是刚开始谈吗？"

"那好，你中意，你自己去跟他谈！"崔樱气呼呼地冲进自己房间，重重摔上门。

然而，崔樱还是决定不理他。

他算什么？虽然像他说的，他是喜欢她，他所做的一切都是为了追她，但不等于他就可以欺负她。他怎么能当着众人的面，咬着她的耳朵说话？她有这么轻浮吗？岂不叫人误解她跟他有什么见不得人的秘密？还有，他又凭什么敢锁上卫生间的门，把她与他关在里面，别人看见了会怎样想？她可不是女流氓，喜欢在卫生间乱搞。要是有人想歪了，想象成她被玷污了，那她的名声岂不糟蹋了？最重要的是，他摸了她的手，那就更不能原谅了，给他一记耳光算是轻的，他若有自知之明，应该向她道歉才对。

崔樱迷迷糊糊睡着了，黎明时分，手机嘟嘟响了几下，她滑开来看，还真是他的道歉："对不起，我太粗鲁了，你生气是应该的。都是我的错，请原谅，我实在克制不住对你的爱慕。樱，能再给我一次机会吗？"

崔樱一下子从床上跳起来，举着手机，赤脚站在地板上又看了一遍。这个张小申，他还真缠上她了！崔樱想笑又不好意思笑出来，心里一阵打鼓，张小申要是再来找她该怎么办？

那就任由他来找好了，反正我不理他！崔樱马上做出决定，整个人顿时轻松下来，又爬回床上，握着手机睡过去。

这一觉睡到大天亮，早晨起来，心情特别好。她母亲记挂她昨晚上是不是感冒了，想叫她去医院，却听见她在卫生间唱歌。这种事很少见，崔樱跟她闹了别扭，起码一两天不爱搭理她。她常说这女儿看着文静，其实主意挺大的，骨子里犟得很。平常她和崔樱父亲都让着这独养女儿，生怕一句话说重了，惹女儿不开心，全家人也都不开心。

母亲蹑手蹑脚走近卫生间，贴着耳朵想听清女儿唱什么，门突然打开，她看见一张白乎乎的脸从里面冒出来，吓了一大跳。原来崔樱贴了张面膜，戴着耳机哼哼，她也没看见门外站着母亲，同样给吓了一大跳。

"妈，你鬼鬼祟祟的干吗呀？"崔樱倒没恼。

"你这小祖宗，你才吓死你妈了呢。"母亲拍着胸口，她实在是被这张惨白的面膜吓着了。

崔樱揭去面膜，上前搂了搂母亲："对不起，妈，我不是故意的。"

"谁说你故意的？是妈胆子小。"

女儿脸上异样的红晕消失了，一切恢复正常。崔樱母亲放下心来，看样子昨晚上的风波过去了，而且女儿这会儿的心情相当不错，两只眼睛亮晶晶的，漾着笑意，哪个小伙子见了不动心呢？崔樱母亲这样联想开来的时候，忍不住又想提小林。"樱樱，你晚上没事吧？"她绕着弯子问。

"没事啊，怎么啦？"

"小林约你一块吃个饭，你们好久没见面了，他对你……"

话没说完，崔樱马上又翻脸了："我不是说了吗？要吃你去跟他吃。"

"你这孩子，别赌气了，小林说他开车来接你。"

"谁稀罕他那破车，开宝马来我也不去！"崔樱扔下一句话，饭也不吃，拎起包走了。

但赌气归赌气，崔樱怎么也料想不到，这天傍晚，真有人开车来接她。

就在她单位门口，她下了班出来，有好几个同事站在马路边，看到她来了都"轰"地笑了，说："来了来了。"

她还蒙在鼓里，好奇地问："干吗呀？你们？"

"我们还想问你呢，干吗呀，崔樱，你搞这么隆重。"同事小钱说。

她这才看清有一辆车子停在大门口，好像在等她。难道小林来了？不会吧，他哪有这么大胆子，没她的同意开车过来丢人现眼。那又会是谁呢？看这车子挺高级的，哦，原来还真是宝马！

她双眼一亮，这辆红色宝马确实亮丽，跟满大街跑的宝马好像有哪儿不一样，具体是哪儿，她也不清楚，她对车子并不太懂。但今天真叫她大开眼界，仿佛是要帮她揭开谜底，这辆宝马车突然发出轻微的响动，接着奇迹出现，宝马的车顶徐徐张开，几秒钟时间，整个车顶稳稳收入后备厢，一无遮拦地露出两排棕红色座椅。

现在她明白了，为何这辆宝马与众不同，它是敞篷跑车。当它完全打开之后，才是它最摄人心魄的时候。她完全被车身炫目的大红色和座椅华贵的棕红色震慑住了，如此激情的配搭也是她前所未见的。车门打开，一个男孩从驾驶座绕过来，出现在她面前，然后，靠她一侧的车门也嗒一声轻轻打开。

顿时响起同事们的一片欢呼："哇，高富帅啊！"

男孩的确很帅，大眼睛、白皮肤、尖下巴，长得这么秀气，她一定在哪儿见过。

男孩做了个邀请的手势，笑吟吟地说："崔小姐，能再给我一次机会吗？"

这句话她也在哪儿听到过，不是吗？她情不自禁就伸出手去，男孩握住了她，极有风度地扶她上车，让她坐下，再帮她合上车门。

这一连串动作自然流畅，一气呵成，她的同事们都看呆了，直到男孩回到驾驶座，他们如梦初醒，朝着崔樱拼命鼓掌。男孩一踩油门，敞篷跑车发出轰隆隆的咆哮，箭一般射了出去。掌声被撇在车后，两秒钟不到，只留下四散的寥落的尾音了。

"哈，喜欢吗？"男孩一脸得意，又踩了一脚油门。

她被加速度推了一把，身子重重地撞在座椅靠背上，有点疼，这下她从怔愣里回到了现实，举起拳头去打他："张小申，你该死，你敢绑架我。"

"拿一辆 200 万朝上的宝马跑车来绑架你，你不觉得挺有面子吗？啊？哈哈哈哈。"张小申快活地大笑起来。

"谁稀罕啊，放我下来。"

"M6，宝马顶级跑车，这款还是收藏版，不是哪个女孩都有机会坐的。"张小申一把将她按回到座椅上。

这个看上去挺秀气，带点阴柔的男孩，他的手劲倒挺大的。

"哼，是你的我也不稀罕。"

"不是我的。"

"那你哪来的？"

"偷来的。"

她居然没怎么吃惊，却更好奇了："偷来的，真的假的？"

"当然是真的啦，傻瓜！"张小申再次哈哈大笑起来。

她被张小申叫作傻瓜，也觉得好笑，跟着大笑。

张小申带她兜风。他说坐敞篷跑车不兜风太可惜了。这话是真的，崔樱觉得她活到二十五岁，所有的日子加起来都还没这会儿看她的人多，走在马路上的男男女女没有不回头的。而她，也给他们带来了惊喜——正好她身上穿了件连衣裙，纯白，配大红车身棕红色座椅，效果相当精彩。这一路轰隆隆兜过来，比得上公主出行。

渐渐地，暮色四起，华灯初上，车子离开闹市区，拐入江边。这几年城市沿江发展，江两岸高楼林立，高架道路从闹市区过来，在江边转了个大弯，气势恢宏，号称"江城第一弯"。"想象一下，"张小申说，"十几米的高度，迎着高楼与奔腾的江水，九十度拐弯，那是什么感觉？你会觉得像飞机降落，降在市中心，迎接你的是满城的璀璨灯火。"

的确很美，很震撼。崔樱看得连呼吸都屏住了，还是第一次，有人带她这样体验城市景观，她发出一声惊叹："哦——"

"还有更精彩的，不过不在这时候。"据张小申说，要到凌晨两三点钟，整个城市进入安眠，路面车辆最少，有人会到"第一弯"飙车，瞬间飙到180码到200码，那真是极速体验，你的心脏都会飞起来。

"你也干过？"张小申在崔樱心目中越来越神奇了。

张小申笑笑，轻描淡写地说："以前监控设备少，查得也没现在严。"

"以前是啥时候？"

"至少十年前。"

"不对吧？十年前你才几岁？"

"这有什么好奇怪的，我十六岁就跟人飙车了。"

张小申说着，突然一踩油门，车子咆哮着飞了起来："哈哈，好玩吧？"

耳边狂风呼号，坐在敞篷车内，人对速度的感受更直接了，特别刺激。崔樱想叫，又怕被张小申小瞧了，硬把喊声咽回去。短短几十分钟时间，张小申在崔樱心目中的形象完全改变，他的身份也愈加神秘了。这反而让崔樱不知所措，张小申到底是什么人？在没搞清楚之前，崔樱觉得自己不能表现得太幼稚了，她必须矜持一点。

不料，她没叫出声，张小申倒大喊大嚷起来了。他松开方向盘，双臂伸展，像坐在过山车上那样高高举起，叫得声嘶力竭："啊——啊——啊——"

崔樱心脏一阵紧缩，像铁块一样猛然下坠，胸壁生疼，仿佛有人掐住了她的脖子，使得她极度缺氧，她不得不也跟着尖叫起来。她不是害怕速度，她是害怕车子失控——张小申能放肆地让车速超过120迈的车子进入无人驾驶状态，还真不知道他会再干出点别的什么不要命的事儿来！

这是她第一次在他面前花容失色，当时她的脸色一定非常难看，张小申才笑得如此开心："哈哈哈哈，对不起，叫你受惊了，哈哈哈哈。"

她恨不得再抽他一记耳光。

　　张小申已稳稳刹住车，拍拍她的肩，像是安慰她，滔滔不绝用了一大堆专业术语："了解一下，宝马 M6 敞篷跑车，搭载 4.4 升 V8 双涡轮增压发动机，560 匹马力，7 速双离合器，百米加速仅为 4.2 秒。它的刹车系统也很牛，前刹车盘直径 16.1 英寸，后刹车盘直径 15.6 英寸，接近一般家用车的轮毂尺寸，可以提供强悍制动，百米刹车距离为 39.78 米。"张小申像背诵教科书似的，背到这儿顿了顿，侧脸看着崔樱，不无得意地炫耀说："鉴于它的优异性能，你大可松开方向盘，踩下刹车，这辆两吨多重的大家伙仍然不偏不倚，稳稳停住。这就是宝马 M6。"

　　崔樱给说蒙了："你怎么对车子懂这么多啊？"

　　"因为我是修车的。"张小申笑嘻嘻地说。

　　"你刚刚说车子是偷的，现在又说是修车的，真的假的？"崔樱追问。

　　"你说呢？"张小申反问她。

　　"都是假的，你骗人的。"崔樱说。

　　"你错了，都是真的。"张小申收起了笑容，摆摆手，"我张小申什么人啊，我从不骗人的。"

游　戏

　　两人一起吃过晚饭，已是半夜。重新坐上宝马 M6，张小申问她："去哪？"

　　她本该说回家，可心里有点不愿意，嘴巴的反应也就慢了半拍，结果说出来的是这样两个字："随便。"

　　她也知道，"随便"顶难办了，但不这样说又能说什么呢？去歌厅？太俗气了。看场电影？最近好像没啥好片子。比较合适的当然是去小剧场看话剧，可惜时间太晚，话剧哪有半夜上演的？

　　"你随便，我可不能随便。"张小申认真地说，"你再想想，你这辈子最想玩的是啥东西？"

　　这倒是个好主意，她这辈子最想玩的是啥呢？她努力在脑海里搜寻，嘴上应付他："半夜三更的，到哪儿玩最想玩的啊？"

　　"你说嘛。"张小申一副她说什么都可以办到的样子。

　　她还是想不起来，心里难免沮丧，她活了二十五年，如今正当花样年华，居然想不出自己最想玩的是啥东西，人家都把她当乖乖女，不是没道理的，她的人生确实平稳到平淡。

"好吧，我带你去个地方，保证你喜欢。"

车子一阵轰鸣，钻进横七竖八的小巷。这是城北地带的老住宅区，蜂窝一样排列着五六十年代建造的旧工房，密度很大，张小申对这一带相当熟悉，好像闭着眼睛都会开。车子东转西拐，停到一家网吧门口。"到了，这是我老巢。"张小申说。

原来张小申带她去玩最好玩的东西是上网打游戏，这大出她的意料。她从小到大很少打游戏，老师和父母都说打游戏不好，她很听话就不打了。参加工作之后，在广告公司上班，离不开电脑，同事们都爱玩游戏，那时热过一阵"偷菜"，她随大流也玩过一把，最疯狂的时候，半夜醒来去别人家的院子偷菜，特别有成就感。第二天醒来眼睛黑黑一圈，眼袋也一下子明显了，母亲以为她失眠，带她去看中医，配了一大摞中药，吓得她赶紧收手。

从此她再也没碰过游戏，但奇怪的是，有时偶尔经过网吧门口，她会停下来看一眼，心里突然冒出个念头：什么时候进去好好玩一场，打个痛快。当然那只是一闪念之间，她也笑自己荒唐，笑过之后，又会莫名其妙想到母亲，母亲要是知道她的心思，那将是怎样的反应？

网吧里黑乎乎的，没有灯，却有一排排的光亮，那是从电脑屏幕上发出来的。张小申领着她往里走，走近了才看清每台电脑前都有一个人影，其实这里面有好多人，只不过他们都藏身于黑暗深处，一眼望过去很难辨认。

这个环境带给她隐约的兴奋，好像干了某种坏事却能轻易不被人发现。"哈，你没来过吧？"张小申颇为得意，朝她耸耸肩膀说。

电脑屏幕的亮光照着张小申的脸，这是她第一次如此近距离面对他。他的眼睛更大了，下巴更尖，皮肤被荧光照得几近透明。他最好看的应该是鼻子，又直又挺，有点像外国人。对了，他的某些动作、手势也像外国人。

"我都没来过，你怎么知道我最想玩的是这儿？还保证我喜欢？"她轻描淡写的，故意扫一扫他的兴致。

"我会算命。"张小申说。

她差点又想问他："真的假的？"但她克制住了，说："我一样也没玩过，玩啥呀？"

张小申说："你不会没关系，我教你。请相信我，等你出这个门，你一定会认为这是你人生经历中最好玩的一次。"

张小申带她玩的是《穿越火线》，她与张小申组成二人组，与网络上看不见的对手相互厮杀。一转眼工夫，她的身份发生转换，她成了战士，披挂各式装备和武器，可以说，她武装到了牙齿。

她端上枪，进入战场，拼命射击，疯狂杀人，更多的时候，是她被人射中牺牲。张小申的段位比她高得多，他担负了掩护工作，替她开道，冲锋，抵挡子弹和炸弹，硬是杀开一条血路。

战斗如此惨烈，血腥，她不停尖叫，死了一次又一次，又一次次满血复活。她有好多条性命，多到数不清，这是特别刺激她的地方，死了可以重来，人生到哪儿去找这样的好事？难怪张小申要带她来这儿，她不得不承认，这是她玩得最疯的一次。

他们一直玩到凌晨，她完全忘了时间，也忘了回家该如何向父母交代。手机什么时候没电了，她根本没留意，更不知道母亲为找她，给她打了几十个电话，险些报警。

她只知道自己很开心，这一夜太值了！从宝马M6的梦幻之旅开始，到《穿越火线》进入高潮，她从未这么放肆，这么尽兴，她真正享受到了属于自己的满足。这份满足过于陌生，是她以前的人生和身边的朋友、熟人都无法提供的，这完全是个全新的天地。

从网吧出来，天边泛起了鱼肚白，她和张小申匆匆坐进车子。风夹带着寒意，街上依然冷清，停车场空荡荡的，一下子感觉到异样的安静。张小申发动引擎，却没马上起步，一夜未睡的他显得精神抖擞。看来他是个适合夜生活的人。

"我是只夜猫子，没想到你也是，一点都不困嘛！"张小申好像能感应到她思想深处的电波，把它放射出来。

她笑笑，不知为何有点难为情，仿佛一个有教养的女孩是不该如此的，她赶忙打了个哈欠："谁说我不困啊？"

她装得还挺像的。见鬼，她非得要变回淑女吗？又没人强迫她。

她越发尴尬，偷偷瞟一眼张小申。张小申不急不忙打开 CD，放出一首摇滚，狭小的空间顿时灌满重金属的轰鸣，好车子可不是吹的，M6 的音效果然非同凡响，座椅都震荡起来。

车窗透进微明的光线，朦朦胧胧的，有几分暧昧。张小申把他秀气的脸转过来，目光闪动。她听到了他的呼吸。他想干吗？崔樱无端地联想到了车震。这样的时候，这样的氛围，真是最合适不过的机会了，何况在超豪华的宝马车内，棕红色真皮座椅本来就是为了浪漫打造的，它那么柔软，贴着身体的曲线，且弹性良好。张小申告诉过她，座椅的角度可以无级调节，随心所欲，这一切仿佛都是老天爷专门为寻欢作乐的男女预备的。

那她该怎么办？假若张小申朝她伸过手来，搂住她，把她放倒在座椅上，她该拒绝，还是接受？或者像大多数女人在这种情况下通常所做的，闭上双眼，来个半推半就？她对这男孩几乎一无所知，他的年龄、学历、职业，更别说他的家庭，她脑子一片空白，觉得自己什么也做不了，那就顺其自然吧。现在就闭上眼睛，实际上张小申想来一下也不算过分，但她太紧张了，反而把眼睛瞪得大大的，如同受到致命的惊吓。

恍惚中她感到窗外的景物在移动，车子开了，张小申的双手稳稳放在方向盘上，他对她什么也没做。她喘过一口气，整个身子反而瘫在座椅上，软软的，没一点力气。

张小申一直把她送到家门口，他的服务可谓周到。停好车，他从驾驶座下来，绕过车头，帮她把车门打开，就像接她上车时做的那样，善始善终。那一刻，她心里涌起一丝愧疚，好像自己错怪了张小申——她还骂他流氓，他们待一起的整个晚上，张小申连她的手都没碰一下。

真　相

就这样，崔樱发现自己爱上了张小申。这是个绝望的发现，她有直觉，她爱上的人，可能跟她生活在完全不同的世界。

她突然感到了害怕，这种害怕是从心底发出的，朝向未来，她无法躲开。仿佛她与未来之间有一层朦胧的面纱，随时将要揭开。揭开之后，从面纱后面跑出来的是一位王子，还是一头怪兽，她一点都没把握。

何况他再也没有任何消息了，没有电话，没有短信，好像又突然失踪似的，他整个儿消失了。崔樱等了整整一天，这一天莫名的心烦意乱，形同煎熬。她终于等不下去，放下矜持，打破沉默，主动给他发了条微信："真的玩得好开心，谢谢你了。"

这句话实际上应该在昨晚上分手时说的，等到隔天，多少显得有点不合时宜，好像她得了便宜，回想起来心虚不已，非要来弥补一下。但这不能怪她，两人愈是往亲密的方向走，她愈需要稳住自己。

饶是如此，对她率先表达的谢意，他依然毫无回音。

他是故意不理她吗？还是出了什么事了？又等了两天，张小申依然毫无音讯，这太不正常了。崔樱焦急起来，心里有点发慌，想着找阿胖问问。但电话里不好细说，于是这一天她特意提早下班，坐地铁去阿胖单位。

阿胖的名片拿出来是很招徕人的，一行烫金大字：置业顾问，好像他是高级别专家。其实他只是个售楼先生，也就是楼盘销售员。最近他们公司接了个新盘，在江对岸，崔樱要坐地铁过江，中途还得换线。大老远这般颇费周折地跑过来，想想自己也真是临时抱佛脚，之前跟阿胖三日两头见面，都没打听一下张小申做什么工作。唉，怨谁呢？神仙也料不到他们之间会有故事啊！

可她来得实在不巧，刚到售楼处，还没和阿胖说上话，有人来找阿胖，叫他马上去开会。阿胖起身便走，匆匆跟她解释，明天开盘，他都忙疯了，晚上还得加班。

崔樱不想白跑一趟，追着阿胖问："我有事找张小申，可怎么也联系不上他。"

"你还不知道啊？"阿胖说，"张小申出事了。"

崔樱大吃一惊，这说明她的直觉是对的，张小申果然出事了！他出什么事呢？崔樱急切想知道，却不好在阿胖面前表露出来，嘴上绕了个弯子，故意开玩笑说："这家伙，不会又去出家了吧？"

"出家倒好了，大不了算请事假，严重点也就旷工，待几天再回来。"阿胖一摆手说，"他是让单位给开除了！"

阿胖来不及细说，又有人来叫他赶紧过去，经理点他名了，阿胖扔下崔樱就走。崔樱只得一个人打道回府。地铁比她来时挤，也许是摩肩接踵又彼此陌生的人群给了她勇气，她掏出手机，给张小申发过去一条信息："不管你遭遇什么，别忘了我们一起玩过《穿越火线》呵。"

她是深思熟虑过的，看上去说的是他们一块儿玩游戏，其实她也在向他表明，他们还是"战友"。以张小申的聪明，他应该读得出她的意思。

几分钟后，她的手机进来一条微信，是张小申发来的。没有文字，只有一张图片：这座城市最有名的跨江大桥。用手机拍的，像风景照。

她直奔大桥而去。远远的，果然看到了张小申，他戴着礼帽，弓身趴在栏杆上，目光注视江面，手里拿着一根烟，很像老电影里某个正在等待接头的地下党人。

"知道我干吗来这儿吗？"张小申见到她，劈头盖脸问她一句，表情严肃。

她想说点轻松的，也许刚刚脑子里掠过老电影的镜头跟这个话题蛮匹配。"怀旧呗。"她带点玩笑说。这座钢架构造的大桥相当有名，在这儿曾经拍过好几部30年代地下斗争的电影和电视剧。

"你怎么这么聪明？我脑袋瓜里想什么你都知道！"张小申感叹一声，拍拍自己的脑袋。他告诉崔樱，这座大桥是他有关这座大城市的第一记忆，还有江边的一栋大楼，他管它叫"十九层楼"。

"十九层楼，这名字多有意思啊！"张小申转过身来，在天空寻找十九层楼的影子，却看到一片密密麻麻的二三十层的高楼。

张小申怅然若失。

"在我爸妈那个年代，十九层楼是这座城市最高的建筑，也是城市的地标，说到十九层楼，等于在说这座大城市的象征。"

张小申跟她说这番话时，他俩已坐在大桥附近的一家酒吧里了。张小申很会挑地方，他带她从大桥转过来，经过一座小教堂，到了一条幽静的柏油马路，两边都是老洋房。这儿跟江边相比又是另一番景致，优雅清静，好像到了欧洲的某条小街。她很惊喜，这地方知道的人太少了，连她这个土生土长的城里人都没来过。

听张小申的口气，他并不是这个城市土生土长的。他生在黑龙江。张小申的父母都是知青，他们在黑龙江插队落户后结婚生子，但仍一心想回老家的大城市，所以张小申刚开始牙牙学语，父母就教他说这座城市的方言，给他认这座城市的图片。张小申认识著名的跨江大桥与江边的十九层楼，跟认识北京天安门一样早。他父母告诉他，那才是他真正的家。等他上到小学三年级，他父母迫不及待把他送回城里，寄养在他姨妈家。从那时开始，他正式成为了城里人。

张小申侃侃而谈，一口气说了许多，崔樱终于了解到张小申的一些家世，但她只是安静听着，并不发问。其实她心中不知有多少疑问，比如按张小申说的他家里的情况，他应该不是什么高富帅，那他哪来的宝马跑车？莫非真像他自己说的，是偷的？

崔樱冷不丁打了个寒噤，张小申举起酒杯，跟她碰了一下，一口干光。"像我这样的黑龙江知青子女，要在这座大城市里立稳了，扎下根，不容易啊。"张小申笑笑说，"这不，饭碗丢了。"

看来阿胖说的是对的，崔樱赶紧问："你跟单位……出啥事了？"

张小申说："还能是啥事？不就那辆M6吗？你坐

过的。"

崔樱心里一紧："我不明白，不会是因为我的缘故……"

"没你的事，我告诉过你，我偷的。"

还真是偷的！以为不过一句玩笑，其实他没骗她。张小申是一家汽车修理店的维修工，那天他看到一辆宝马M6进厂维修，车主把钥匙一丢走了，他忍不住手痒，趁着守门老头去上厕所，同事也没留意，偷偷把车开出来。

"什么是真正的好车？真正的好车你一上手就舍不得放开了，这道理跟你遇上真正的好女人差不多……"

张小申喝高了，话特别多，毫无顾忌。据他说，他车子一开出来，第一个想到的便是崔樱。这么炫的大红色车身，硬顶敞篷随意打开，还有罕见的棕红色座椅，一览无余，那是多高级的享受，多炫目的风光啊，只有她配得上。

崔樱总算听明白了，他偷了辆这么高级的豪华车，为的是讨好她，难怪那天晚上他如此周到。但奇怪的是，她并不反感，包括他说的十六岁跟人飙车，现在想来，应该是他进店前学汽车修理时干的事儿，他没上过大学，可能连大专也没上过。

"没事，我觉得挺值的。"最后，他晃晃喝空了的酒杯站起来，拍了下她的肩，突然哈哈大笑起来，"那个傻蛋，还去报了110，他以为我真要偷他车啊？也太小瞧我张小申了吧！哈哈哈哈。"

他说的是那个车主。因为报了案，警察当作偷盗案件来处理，把张小申抓起来关了两天，他这次失踪其实是在拘留所。崔樱有点难过，仔细看他的脸，额头隐约有几块青肿，看样子他吃了点苦头。

"这有啥好笑的？瞧把你乐的！"崔樱鼻子一酸，赶忙转开了脸。

从酒吧出来，张小申踉踉跄跄的，崔樱怕他摔跤，上去扶他，他却把崔樱甩开了："我能走，我都可以走到江对岸，你信不信？"

"我信我信。"崔樱只得顺着他，否则他更来劲了。

但顺着他，他也来劲："那我们去江对岸找阿胖怎么样？他不是加班吗？走，我们去跟他喝个痛快。"

崔樱拗不过张小申，主要是这时候也不想拗。让他高兴一点，她心里就不会老觉得歉疚了。她决定把这个晚上拿出来陪他，像他曾经为她做的那样。于是她扬手去招出租车。

一辆的士驶过来，停在他们旁边。两人上车，崔樱说去江对岸，张小申却说："不，去码头。"

这是崔樱根本没想到的，这个晚上，已经醉了的张小申仍带她经历了一次奇幻之旅。他们从码头上了轮渡，夜色中，看着江岸的灯光，听到汽笛发出"呜呜"的鸣响，崔樱突然意识到，她有很久没坐轮渡了。

如果要说她小时候对这座城市最亲切的记忆，那真是非这个老码头与轮渡莫属了，"过江"对她而言，好像过节一样有莫名的兴奋感。她夹在人群中走向检票口，把角子大小的筹码扔进检票箱，整个过程有看老电影的感觉，特别好玩。码头如一座长桥伸向江面，鸥鸟盘旋翱翔，汽笛声声。船开了，江风习习，甲板轻微晃动，几个孩子四处追逐，在大人的脚边，甚至裤裆底下钻来穿去，冷不防撞到轮渡的栏杆，于是相互做个鬼脸，对着翻腾的江水发出一声尖叫。

张小申默默抽着烟，酒有几分醒了，问她在想什么。她说想起小时候坐轮渡，最爱尖叫，船晃一下要叫，对面有渡船过来了也要叫，真是快活。

张小申听了笑笑，说："那你现在再叫声试试。"

她连忙摇头。这是最后一班轮渡，甲板上没几个人，她叫了兴许也没人听见。

张小申说："怕啥呀？我来叫——"

张小申张开嘴，真的叫了声："汪——"

这是声狗叫。"汪汪——汪——"

张小申叫得挺像的，一对老夫妻听见了，以为有人带了狗上轮渡，朝他们这边望了望，说："半夜三更，到船上遛狗，出啥花头？"

崔樱愣了一愣，随即扑哧笑出来。张小申看把她逗乐了，装出很无辜的样子，朝她做了个汪汪叫的鬼脸。这实在是太好笑了，她停不下来，把眼泪都笑出来了。

张小申等她笑够了，却说："我不是逗你，我觉得自己在这个城市就像船上的一条流浪狗。我不骗你，我读小学时我姨妈家就在对岸，我每天上学都坐轮渡，我向你保证，我真的在船上对着江水像狗一样叫过，汪——汪汪——"

张小申停不下来了，一路乱叫，到了阿胖的售楼处，他还忍不住对着大门又"汪汪"叫了两声。

大门里没反应，灯光亮着，见不到人影。看来阿胖和他同事都回家了。"不是明天要开盘吗？这个阿胖，也不留下来干个通宵。"崔樱好生失望。

"进去瞧瞧，说不定里面还有人值班呢。"张小申爬上窗台，去推上面的窗户，窗户锁住了，根本推不开。张小申毫不气馁，一扇一扇挨着推过去。

他干吗非要进去？事后崔樱有点后悔，特别是他们两人闹离婚闹得很凶的那阶段，崔樱对这个晚上可谓恨之入骨。她的眼前反复出现张小申趴在窗台上不停推窗的情景。

他是完全清醒的？还是带着残余的醉意？这两种状态带来的结果迥然有别，前者是经过了深思熟虑，后者则不过顺着感觉走，是酒精作用下的本能反应。

但不管怎样，反正要发生的事总归发生了。张小申推到最后两扇窗户时，其中的一扇松动了，显然它没被锁死。工作人员的一个疏忽，给了张小申机会，或者反过来说，机会属于张小申这样锲而不舍的人。张小申笑了，转过身来朝崔樱招招手，自己先钻了进去。

说得严重一点，这是崔樱人生的第一次冒险。半夜三更偷偷进入一家售楼处，她想干什么？被人发现了又当如何？难道仅仅解释一下是来找朋友的，他们就没事了吗？会不会根本就没人信，他们的结局将被当作小偷抓起来？

崔樱感觉心怦怦乱跳，两条腿也发起颤来，意识里觉得自己应该往后撤。但奇怪的是，张小申朝她招手，她颤抖的双腿还是往前移动了，好像她是张小申的提线木偶，有一股力量拉扯她，让她身不由己。

她平生第一次爬上高高的窗台，如同武侠电影里的女盗，弯腰弓背，唯恐被人发现。不等她环顾四周，张小申已从窗子里探出半个身子，飞快地把她拉了进去。

进去了，也就没心里想的那么可怕了。售楼处装修豪华，灯光不亮也不暗，相当温暖安静。只是让这灯光一照，照出她满脸的惨白，好像经受了多大的惊吓。

台子上摊满了楼盘的开盘资料，花花绿绿，印得十分漂亮考究。但这实在不像是工作的地方，倒像一间高档俱乐部，一应家具都是进口名牌，真皮沙发坐上去舒服极了，茶几摆着鲜花，最周到的，居然还有一台德国产咖啡机。张小申自己动手，做了两杯浓缩咖啡。他说可惜没找到牛奶，要不，他可以做卡布基诺给崔樱品尝一下。

"就当是阿胖请客。"张小申举起咖啡杯，跟崔樱碰了碰，像干酒一样，将咖啡一口喝掉。

谁能想到，这样的冒险既紧张又刺激，同时还能免费享受豪宅与咖啡？崔樱说："要是阿胖知道了非骂死我们不可。"

"由他骂吧，谁叫他不在。走，我们再参观参观。"张小申把崔樱从沙发上拉起来。

售楼处还有一楼，张小申和崔樱顺着楼梯上去，发现都是一间间的样板间。开发商学聪明了，把样板间做在售楼处，这样不必等楼盘结顶了再装修样板间，大大节省了时间。

样板间的装修也很精致，大多是现代简约风格，面积有大有小，从一房到三房都有，房型也相当合理，居住起来一定非常舒适。开始张小申和崔樱还说说笑笑，互相打趣，一个说我住这间，一个说你住那间；在这张席梦思上坐一下，到那面镜子前照一照。一直走到最里面的卫生间，然后，像触了电似的，崔樱"呀"地叫了声，他们都站住不动了。

这间卫生间足有十来个平方米，最醒目的是那只浴缸，纯白色，造型别致，气质优雅，简直像艺术品。它靠窗凌空摆放，越发显出尊贵，就像这间卫生间里的女王。

崔樱忍不住伸手去摸了摸。

"喜欢吗？"张小申盯着她问。

崔樱当然喜欢，她说："做梦都想在这样的浴缸里泡个澡呢。"

"那行啊，现在就来吧，我给你放水。"张小申真的去拧水龙头。

可惜，水龙头里没水。"妈的，假的！"张小申说。

崔樱说："其实能看看也蛮不错了。"

"你不进去躺一躺吗？"张小申说，"我保证你感觉不一样。"

崔樱心一动，嘴上说："傻不傻啊？张小申！"

"这有什么傻的？又没人看见。来，进来。"张小申扶着她，连拉带扯的，把她送进了超豪华浴缸。

其实并不舒服，没有水，缺少浮力，浴缸的四壁冷硬光滑，不过，这只浴缸足够宽大，她整个人都可以舒展开来。想象一下，如果它贮满了热水，蒸汽氤氲，水波微漾，然后滴上几滴精油，撒上鲜红的玫瑰花瓣……或者索性来个泡泡浴……她闭上眼睛，眼前浮现的却是自己的裸体。

她这是怎么啦？竟然想到自己的裸体！尽管这个图像稍纵即逝，她还是感到脸红。她不敢马上坐起来，生怕碰上张小申的眼睛。然而，恍惚中真有花瓣飘下，落在她身上。

她睁开眼，是张小申！他不知什么时候把插在花瓶里的玫瑰花拿来了，举在半空，一瓣一瓣扯下猩红色花瓣，撒在她身上，空气中弥漫了浓烈的玫瑰花香。

她有几分感动，为着这从天而降的玫瑰花瓣，张小申真够浪漫呵！但难以思议的，她身体里面忽然有一阵恐惧袭过，像倏忽而至的风暴，吹得她浑身颤抖。她本能地抱住自己，意识深处却想着怎样让自己坐起来。她努力了一下，上半身刚刚抬起，已经来不及了，一只大手按住了她的肩膀，紧接着，张小申沉重的身体也压上来，如同泰山压顶，他整个人滚进了这只巨大的浴缸。

不能说完全是被迫的，在跟张小申进入空无一人的售楼处时，她就有预感，接下来可能会发生点什么。她想中止，可又无力实施，她觉得自己正被惯性推着走，像坐过山车，有恐高与不辨方向的眩晕，也有一丝因兴奋而带来的刺激。但她万万没有料想到，她跟张小申的第一次竟然发生在浴缸里，这使得她多少有点羞辱感。样板房里有的是床，而且都是新的，张小申就不会为她选一张吗？

不过完事后倒也没闹不愉快。张小申并未问她为什么不是第一次。如果他问，她准备如实回答。她的第一个男朋友是大学同学，他俩却不是在大学里谈的恋爱。毕业后几次聚会，见人家都成双成对，就他俩形单影只，于是相约着一起回家，有一次他请她到家里坐坐，这一坐水到渠成，她跟他有了关系。她记得当时他们都没经验，手忙脚乱的，把他租的那个小房间弄得一塌糊涂。但没多久，她这位男同学出国深造去了，他俩的关系也无疾而终。

第二个男人是她上司，平常挺关照她的，次数多了，她对他有了好感。有一次加班，单位里只剩她与上司，她电脑坏了，上司过来帮她修，修着修着，上司把她抱在怀里，说早就喜欢上她了。她吓坏了，拼命挣脱，上司也没强迫，两人弄得很尴尬。第二天，上司向她道歉，说自己这样做对不起她，也对不起老婆孩子。上司已结婚多年且有一个女儿。看着上司非常难过愧疚的样子，很奇怪，她居然一点也不讨厌他了，并且对他生出了同情。之后上司一如既往关照她，她都心照不宣照单全收，两人的关系越来越亲昵。终于又到了一个加班的晚上，公司里也只有上司与她。这一次，上司再来抱她，她没抗拒。不过，上司并没像上次那样非要当场跟她发生关系。上司很有耐心，似乎认定她已经上手了，那就留着慢慢享用。直到过了差不多一个月，上司到外地出差，忽然她收到信息，上司叫她去某某宾馆，原来上司提前回来安排好了一切。走过宾馆长而压抑的走廊，找到事先储存进手机的房号，按响门铃，她体会到幽会跟恋爱是截然不同的两种体验。

上司以热情万丈开始，却在犹疑沮丧中结束，完全是虎头蛇尾。他拉着脸，像她欠了他似的问她，她怎么不是第一次？她当时差点气晕，这个早有家室的男人居然如此在乎她的第一次。上司说得倒挺诚恳："我看你这么文静，觉得你是个很保守的女孩，一定会守身如玉。"听着这个男人嘴里吐出"守身如玉"四个字，她像吃了只苍蝇般恶心，再也不想见他了。但这段关系却不容易了结，上司找各种借口纠缠她，还以曝光他俩的隐私相威胁。她一个未婚姑娘，先做了第三者，说出去总比有妻子孩子的男人出轨难听，百般无奈，也只得勉强应付。还好老天有眼，不多久上司被总公司老板相中，另谋高职，想来是仕途重要，半点出不得差池，上司主动断了与她的来往。在她这一边，倒如虎口逃生一般，得回个自由身，说不尽的庆幸。

张小申是她的第三个，当然她也没问张小申，她是张小申的第几个。这些都不重要了，重要的是，张小申真的爱她吗？还有，她爱张小申吗？以张小申的条件，她是不是在自找麻烦？

从浴缸里爬起来的那一霎，崔樱突然意识到，她刚才有多疯狂。

冰　块

早春天气，感觉中还是寒意凛冽，但毕竟不同于冬天，冰块融化起来的速度越来越快。也许真如媒体上说的，地球在变暖。对于别人，这种影响可能微乎其微，可对张小申，却是个大灾难。他隔一天就要网购一次碎冰，来补充浴缸里消融的冰块。没有什么比眼看着一大堆硬邦邦的冰块转眼化作流水，从管道消失得无影无踪更让人绝望的了，一切都是虚空。可笑的是，他还必须一遍遍重复这种徒劳无益的虚空，花钱买来冰块，让它化成水滴，然后再去买，再化作水滴……如此循环不息。

徒劳又不得不继续下去，几近他的宿命。他倒愈加谨慎了，因为他明白，什么都不做结果会更糟。他把全市所有的制冰厂都找遍了，一家一家轮着来，免得送货上门的人发现破绽。

那个以为他做水产生意的快递小哥又来过一回，这家伙真是个多事的人。他站在门口东张西望，使劲嗅着鼻子，问他有没有闻到异味。快递小哥说，他从楼道上来就闻到了，你们这儿一定有什么东西坏掉了。

他被快递小哥说得头皮发麻，应付他说，这两天空气质量不好，有雾霾。

快递小哥马上掏出手机，给他看空气质量预报，已连续一周优良。"看到不？兄弟，空气没问题，你这儿的下水道有问题。"

快递小哥的话提醒了他，那异味是不是从他家浴缸里流出来的？浴缸的下水管通到底楼，原先是当作洗衣机下水来用的，直接排进污水井。这是阳台的功能设计，不像卫生间管道进入化粪池。从理论上讲，阳台的下水管如果有异味产生，排到楼下，楼道里必定会闻到的。

打发走快递小哥，迅速锁死门，进入阳台，他紧张到了极点，万一腐烂掉了怎么办？

阳台已差不多被他搞成了小冰库，拉上厚窗帘，墙壁四周塞满棉胎，力求严丝合缝，以防冷气外泄。新买的碎冰储存在大大小小的塑料桶里，这会儿正冒着寒气。张小申冷不丁打了个喷嚏，气温太低了，他每次进来加冰块都得穿上羽绒衣。今天心里一急，顾不上了。

他把泡沫箱搬开，揭起毛毯，并没闻到什么异味。但他已不信任自己的鼻子，他患有鼻窦炎，一受刺激便流鼻涕。这些天几乎天天摆弄冰块，他的鼻子早丧失了功能，只闻得出寒冷的滋味。

扒开碎冰，露出包裹住身体的床单。张小申停了一停，努力去想象崔樱的面容，先给自己一个心理准备，免得冰冻过的这张脸跟记忆中的差距太大，使自己无所适从。

她要是变得很丑，或者变成一具骷髅，他该怎么办？他还会在这间房间里跟她一块住下去吗？他难以回答，手抖得厉害，一咬牙，闭着眼睛扯开了床单。

谢天谢地！等他再睁开眼，他恍然以为一切都没发生，崔樱只是在浴缸里睡着了，她的面容跟她活着时相比丝毫未变。他将床单全部扯开，崔樱穿着睡衣的身体完好无损，只是看上去有点僵硬。

他太熟悉她躺在浴缸里的样子了，他们的第一次就发生在浴缸里，当然那仅仅是个意外，那只奢华的德国大浴缸太吸引她了，她当着他的面躺进去，而他，又被躺在浴缸里的她吸引，奋不顾身扑进去。他们都扑进了一个坑里——这个坑叫作婚姻。

说起来这间阳台的改造还是他俩一起做的，她花的精力更多，瓷砖和浴缸都是她挑选的。他没多少钱，买不起好浴缸。买浴缸的钱还是她付的，也是德国牌子，样板间的那只大浴缸给她印象太深，她情不自禁拿它当作参照。

虽然两者的价格相差甚远，但其德国血统和设计风格还是沾点边的，将就点说，也算是样板间那只超豪华大浴缸的袖珍版。

她对此相当满意。据说浴缸的釉面采用了新科技，带自洁功能，任何污垢只要用水一冲就干净了。她专门试过，证明不是吹的。釉面的光洁度和亮度也非常棒，她买了专用洗涤剂，一擦之后，整个浴缸纯白透亮，光可照人，有水晶般的效果。

所以她爱躺进浴缸里泡澡，她喜欢把水调得很热，满房间都是白茫茫的水汽，像洗桑拿那样，皮肤泡得通红，仿佛非得如此才过瘾。

现在她的皮肤再也不会出现红晕了，她需要的也不是热水，而是冰。冰冻的世界总是安静的。

张小申虚惊了一场，把冰块重新填回浴缸，埋住崔樱。床单他没裹回去，因为他觉得，他已经不再害怕面对崔樱了。

他仔细锁好门，下楼的时候，特意翘起鼻子闻闻楼道的气味，他的嗅觉奇迹般恢复了，楼道里真的有异味。

见鬼，怎么会这样？这气味哪来的？他又惶恐不安起来。

　　不安的情绪也影响到了张小申与别的女人的约会。

　　张小申身边偶尔会有一两个女人。他长得好，总有女人主动黏他，其中不乏长得漂亮又有钱的。她们的年龄一般都比他大，喜欢把他当弟弟。他的长相、气质也适合这种角色，干净秀气，看上去比较乖巧听话，有时候开个玩笑，他也会像女孩子一样涨红了脸。

　　张小申接触的第一个女人，是他在汽修店里认识的。那女的开了辆奔驰进店。她刚出事故，奔驰的半张脸撞废了，前挡风玻璃破损，副驾驶座右侧的反光镜折断。张小申那时刚从汽车修理学校毕业没多久，虽然还是学徒，对交通法规却特别顶真，他把那女的数落了一顿，说没反光镜你也敢开啊，你今天没叫人给撞飞了活着到这儿算你运气。那女的出了车祸，一口气没处出，没想到一个修车小子也会教训人，跟张小申吵起来，赌气把车开走了，到别的店去修。偏偏一出门遇上警察，当场罚款扣分。车子后来还是回到张小申店里来修的，张小申倒没计较，帮她修好车，又帮她办理保险理赔。这一来二往，女车主觉得张小申心好，仗义，专门跟他道了歉，还请他吃饭，请他看电影。两人以姐弟相称，关系突飞猛进，他从她那儿经历了第一次性事，也从她那儿学到了许多别的东西。她做事爽快，有点风风火火，在床上也是这种风格。因为她开

"奔驰"，他就拿她的车标打趣，叫她"三叉戟"，而她居然喜欢，慨然接受了这个又威武又霸道的封号。当然后来这称呼有所改变，被他简化了，公开场合叫她"三姐"。

他跟三姐的关系维持得比较久，也定下了他日后跟别的女人关系的基调，基本上都是姐弟恋，也许是受"三叉戟"的启发，他给她们起的绰号五花八门，全都离不开车子。比如开宝马的，他叫她"蓝天白云"；开沃尔沃的，他叫她"勋章"；保时捷图案比较复杂，里面有一匹黑马，那就叫她"黑马"。最有趣的当属国产的东风，有两个旋转箭头，它的主人是做水果批发生意的小老板娘，胖胖的身上总带着股水果味，他管她叫"台风"。因为台风常见于东南亚洋面，而这女人微黑的圆脸颇有东南亚风情，两者看起来毫不搭界却彼此关联，最后殊途同归。其实"台风"待他最好，他与崔樱结婚后，有时遇上难事也会去找"台风"帮忙。

不过他今天要去见的不是这类女人，今天他要去见的是个女孩。这女孩他刚认识不到三天。

他叫她"阿玛尼女孩"。没错，就是那个在阿玛尼专卖店里被他的一身黑惊到，向他含情脉脉，夸他是为阿玛尼而生的女顾客。那天他从店里出来，女孩跟上来与他搭讪。女孩说自己是搞销售的，买不起阿玛尼，喜欢到阿玛尼来过过眼瘾。女孩说话倒挺直率，她告诉张小申，等她哪天有钱了，她也要像张小申那样来个全套的阿玛尼，一身黑！张小申听了差点逃开，原来这女孩跟他是同类人，他们都没钱，都混得不怎么样，或者说都很失败，却也都贪爱最高级的东西。女孩说："这有错吗？你别这样瞪我，我要是穿一身阿玛尼，气质不会差的，谁都当我是金融中心那些高档写字楼里出来的小姑娘。"说得张小申扑哧笑了，莫名地对这女孩生出同情心，好像在她身上看见了几年前的自己。

他们互加了微信。从微信里他得知，女孩销售的是某个他从未听说过的化妆品，挂外国牌子，在国内生产，女孩的这家门店也是公司的销售总部所在，地位比较特别，活动也比较多。第二天，女孩给他发来邀请，说过几天有品牌推广会，想邀请他出席。女孩介绍说，她们家生产的男士化妆品绝对好用，他有兴趣可以免费试试。当然，邀请他来，主要是给她撑撑台面。女孩喜欢称呼她们公司的产品是"她们家的"，听上去特别亲切。

张小申回复说那要看自己有没有时间。女孩以为他是个忙得全世界飞来飞去的空中飞人，恭维说张总要是百忙中露个脸，小女子不胜荣幸。他在她眼里成了"张总"，多少出乎他意料，不过他也没必要拒绝，索性以"张总"的面目与女孩聊天。他们聊得很开，仅仅半个小时之后，两人已在讨论上哪儿吃饭，一块开车去哪儿玩，到哪儿露营了。

当然，首选项目必定是先吃饭，好像热身运动。这时候，张小申发现成为"张总"也是有代价的，至少他一身黑的阿玛尼不宜出现于大排档，物廉价美人气最旺的四川火锅也不合适，与之相匹配的只能是西餐了。他跟女孩约了一家西餐厅，本想省着点儿，来个意大利面之类的，可这女孩一点也不手软，上来就要吃牛排，拿了菜单，直接点中最顶级的 M9 日本和牛。

冲这女孩憋足劲吃大户的架势，他吃得别扭，都没觉得牛排的味道好在哪里。女孩心情愉快，没发现他有什么异样，跟他说了好多她们产品的趣闻。"我们家那牌子"，她总这样开头。据她说，每次产品搞推广活动，阵势还是蛮大的，请一些明星过来宣传。她见过好几个歌星，影视明星也见过，她一个不落都请他们签名。最激动的一次是有个明星把大名签在了她胳膊上，害得她一个礼拜没洗澡。女孩说完捂着鼻子哧哧笑。他埋汰女孩，说："人都馊了吧？还笑。"

女孩看着他说："才不是呢，我笑你啊。"

他很奇怪："笑我？我有啥好笑的？"

女孩说："你跟他长得好像。当时蛮遗憾，没跟他照张相，现在想想根本用不着，跟你照不就完了吗？哈哈，所以觉得好笑。"

女孩说了个名字，是个韩国人，并不是什么大明星，据说还是整过形的。张小申有点倒胃口，又有点报复心理，他说："签个名有啥稀罕的，来，我给你签一个好了。"张小申说着，举起叉子，蘸了点牛排的酱汁，当场在女孩的手背上写了两个字：张总。

写完了，张小申也对女孩说："请保留一个礼拜，不准擦掉呵！"

他不知道在女孩看来，算不算示爱？他把他的名字写在了她手上，这也意味着，他们的关系非同一般。反正从西餐厅出来，女孩已有跟他去宾馆开房的意思了。

带女孩回家的念头，就是在这时突然冒出来的。真可怕啊，他怎么会有这样的想法？坐在出租车内，他觉得自己的身体都在颤抖，但抖得越厉害，他内心的想法越强烈，好像自己跟自己过不去似的，非得要这么来一下。来一下的结果如何？他不知道。他只想知道，他是不是疯了？

女孩对他的住处相当意外，她从车上下来，茫然地站在路边："这是哪儿？为啥不去宾馆？"

冰 块...091

　　他拉着她就往门洞里钻："我住这儿。"

　　"开玩笑吧？你住这种地方？"女孩竭力想挣开他。

　　他站住了，斩钉截铁地说："对，就这儿，你去不去？"

　　看着他凶巴巴的模样，女孩屈服了，嘟哝说："是你以前住的吧？成功人士开始打拼的时候都住这种地方。"

　　进了房间，女孩的失望倒没那么强烈，与房子破败的外表相比，房间内部的布置显得特别温馨。这都是崔樱的功劳，到处留着她的痕迹。当然，她的照片他已提前处理掉了，女孩是不会知道这儿有个女主人的，而且这个女主人现在还在房子里。

　　女孩四处打量房间，往沙发上坐了坐，又起来到床上坐了坐。都是宜家买来的家具，便宜，但品味绝对不俗，最好的一点是，有钱没钱的人都能用。

　　"你这人，倒蛮爱干净的。"女孩跟人合租，很小的房子，又脏又乱。她很想跟张小申说，其实几个女孩住一起，房间绝对比男生住的要脏很多。

　　女孩一转脸注意到了阳台。她想过去看看："不错嘛，还有个阳台。"

　　不等女孩靠近阳台，张小申扑上去，抱住女孩，直接把她扔床上。女孩遭到突然袭击，反抗了几下："干吗呀？你这么急？"

其实张小申不是急，是紧张。刚才在出租车里的颤抖又出现了，他的身子摇晃起来，体内像有狂风吹刮，牙齿也在打战，想停都停不住。与此同时，有股狂暴的力量也在颤抖中生长出来，这股力量异常强大，压倒了一切。

女孩被他压疼了，用力踢他，他一把扯下女孩的衣服，衣襟上的纽扣都给扯裂下来，噼噼啪啪像豆子一样掉到地上，女孩给吓了一跳，突然放弃了抵抗。

但糟糕的是，他身体里的这股力量虽然强大，他对这个裸着全身的女孩却无能为力。他第一次遭遇这种情况，他突然不行了。

女孩很奇怪他的表现，见他一脸痛苦懊丧，忘记了刚才他的暴力行为，反过来同情他，帮着他努力了几把。

可他还是不行。他总觉得有个人在房间里。他下床去打亮了所有的灯，他与女孩宛如置身光天化日之下。女孩以为他有心理变态，却也不敢惹他，一赌气拿被子裹住脑袋，翻转身自己睡去了。

女孩很快发出均匀的鼾声，她头脑简单，倒也是福气。张小申却睡不着，翻来覆去的，如同着了魔似的，他就想去阳台看一看。

他真疯了，今天晚上他至少疯了好几次，带女孩回家是一次，在家里要跟女孩做爱是一次，现在想进阳台去看看又是一次。他能看到什么呢？死人复活吗？埋在浴缸里的崔樱突然从碎冰底下坐起来，满脸是嫉妒的泪痕？

　　张小申蹲在浴缸前，撩起毛毯，把手伸进去，他触碰到了冰块的寒意，那是一阵锥心的刺痛。然后，他的眼泪汹涌而出："我完了，我什么也做不了，你把我废了，这下你赢了吧？"他对着黑暗中的崔樱，喃喃自语，悲不自胜。

文　身

张小申能娶到崔樱，是件非常不容易的事儿。他俩确定关系后，崔樱带张小申去见父母。以张小申的长相和待人接物的方式，崔樱相信过父母这一关虽有难度，但不至于难于上青天，先给他们一个好感，总有一条路可以走的。

上门那天，张小申的穿着特别正式，西装革履，衬衣是新的，领子像刀片一样挺括，衬着真丝领带，格外隆重。并且他特意重做了发型，三七分头，有点像20世纪30年代的知识分子装束。30年代是崔樱父母这代人的心结，代表中国文化和西洋风气，中西合璧，两位老人最吃这一套了，印象分立刻提高。只是头油抹得太多，后来崔樱母亲形容说："苍蝇都立不住，要滑一跤的。"崔樱父亲的评价比较有总结性，却有点前言不搭后语，他说："卖相倒蛮好，娘娘腔一个。"

听上去这前半句没什么贬义，卖相好是个左右可以摇摆的词语，要看用在哪种语境，有时候属于正面表扬，有时候却跟没花头、绣花枕头、中看不中用等等意思差不多。后半句完全是否定，骂一个男人最没出息，不像男人，莫过于"娘娘腔"三个字了。崔樱父亲的态度由此可见一斑，他是一家企业的中层干部，看人还是比较有经验的。

接着崔樱父母了解到张小申是黑龙江知青子女，中专学历，无房无车，只有户口在这座大城市。更要命的是，张小申还没正式工作。了解到这些信息之后，崔樱父母惊呆了，他们都不相信，自己这么优秀的名牌大学哲学系毕业的高才生女儿，怎么会去找哪儿都对不上号的穷小子。一定是吃了迷魂药了，此事万万不能答应。

父母的反应如此激烈，几乎一口咬死，也是崔樱始料未及的。之前她与父母发生矛盾，到关键时刻，总是父母退让一步。这缘于她读初中时的一次离家出走，为了一件很小的事情，她要把头发染成棕红色，母亲不同意，她与母亲生了一天闷气，第二天不告而别。这可把父母给吓坏了，到处找她，后来是她自己回的家。有了这次教训，父母对她格外小心，一般都顺着她，而她也清楚了自己的底线，离家出走这几天，其实她哪儿也没去，就在家附近躲着。说到底她还不是个不顾一切豁得出去的人。

崔樱一度情绪低落，觉得跟张小申没希望了。他们又交往了一段时间，父母那边盯得更紧，都不许她夜里出门。

母亲动员了家里所有亲戚，七大姑八大姨的，还有她的同学朋友，不断上门劝说，大家基本一个意思，跟这种一无所有的男人结婚，以后是要吃苦头的。翻来覆去几句道理，崔樱不胜其烦。而张小申那边，也仿佛叫这些人言中了，很不争气。从汽修店出来后，他工作一直没着落，东一榔头，西一棒槌，一会儿去卖汽车，一会儿去卖电脑，还干过快递小哥。《西厢记》里，穷秀才张生好歹后来金榜题名，摇身一变成了贵人，可现实里他们这对才子佳人却难以门当户对，看样子张小申根本就没翻身的机会。

几经挣扎，崔樱决定分手，所谓长痛不如短痛。她订了一家餐厅，两人一起吃个饭，好合好散。

这场散伙饭吃得很不容易，也可说惊心动魄，充满了戏剧效果。

开始两人有说有笑，吃到半当中，谈到分手，张小申还笑嘻嘻的，说："崔樱，原来你想跑啊？"

崔樱说："对不起。"

张小申切了块牛排，放嘴里使劲嚼着，说："可你知道吗？你已经跑不掉了。"

崔樱不喜欢他这种态度，口气生硬起来："那是我的事，腿长在我身上。"

"那也不行，"张小申说，"我把你关起来。"

崔樱真恼了："你敢！"

"我当然敢！"张小申把手里切牛排的刀举起来，指指胸口，"就这里，你信不信？"

崔樱还以为张小申的意思是他爱她，她永远在他心里，这种老把戏她不是没见过，摇摇头说："行了，张小申，现实点，我们都结束了。"

张小申也笑着摇头，笑容诡秘。他一手举刀，一手解开衬衣胸前的纽扣，把衣襟撩开，露出心脏部位。

崔樱吓一跳："你想干吗？"

"你看啊，你是不是就在我这儿！"张小申说。

张小申胸口，白皙的皮肉上，有一块新刺的文身，一个人的名字。

张小申用刀尖点着这个名字，一字一顿说："看清楚了吗？崔！樱！"

崔樱一时没反应过来，张小申居然把她的名字刺在胸口上，他也真做得出来！

"哈哈，我没骗你吧？崔樱，你就在我这儿！你逃不掉的！"

崔樱有点害怕了，但也有点感动，不知说什么好："你别这样，张小申。"

张小申拿刀刃贴着崔樱的名字："一针一针扎的，把你扎到我心口上，崔樱，除非我死了，我这个人烂掉了，我跟你一块儿烂掉！"

说完，张小申突然把刀刃一转，刀子扎向自己的胸口，哧——崔樱似乎听到轻微的一声响，张小申胸口的皮肤刺破了，血涌了出来。

这一幕就在大庭广众之下，餐厅里的顾客和服务员都吓坏了，有人尖叫起来："杀人啦，杀人啦！"

张小申的这一刀刺得不轻，血流了不少，把白衬衣和白桌布都染红了。事到临头，还是崔樱先冷静下来，她抓起一块餐巾，捂住了张小申的伤口。

没有哪个男人能爱她爱到如此程度，这是毋庸置疑的，而她差点拒绝了这份真爱。崔樱抱着张小申哭出来，一直到去医院的路上，她的眼泪都停不下来。

张小申一再说："我没事，死不了的，你哭啥啊？"

她哭得更凶了，几近撕心裂肺。街上的路人停下来看他们，指指点点的，她也不在乎。"我怎么这么庸俗？"她在心里对自己说，"张小申学历低，无房无车，那又怎么啦？难道你是嫁给学历？嫁给房子和车子吗？你嫁的是爱情！"

崔樱觉得自己想通了，心里雪亮。她擦干眼泪，对张小申说："我不管了，张小申，我要跟你在一块儿。"

张小申见她的态度来了个一百八十度大转弯，倒不敢马上信以为真，说："你是可怜我吗？"

崔樱说："你不相信我？那好吧，我现在就证明给你看，我们再也不分开了！"

崔樱说的证明给张小申看，是要跟张小申一样，也在自己身上刺上文身，刺上张小申的名字。

一想到他们两人的身体上彼此镌刻，并且彼此携带对方的名字，走到哪儿都彼此同行，洗也洗不去，擦也擦不掉，除非把他俩的肉体都消灭了。崔樱再次哭了，这一次是感动。她为自己感动万分。

张小申的名字刺在她的小腹，肚脐眼下方。本来她也要跟张小申一样刺在胸口，张小申不同意，他说女孩子刺这地方不好看。后来听从刺青师傅的建议，师傅说小腹这块地方比较私密，适合你们情人。

不管胸口还是小腹，反正他俩现在都有了对方的名字，逃也逃不掉，就如打上私人印记，忽然之间成了有唯一归属的物品，她心里反觉踏实，这个张小申，她这辈子是嫁定他了。但在父母面前，她并不急于摊牌。她需要等待，时间长了，父母的偏见也许慢慢就磨平了。

她装作什么事也没发生，实际上这事也极隐秘，谁会知晓她身体的秘密呢？她自己也相当小心，每次洗完澡，都穿好睡衣出来，不像以前胡乱披条浴巾在父母面前乱晃。然而，日子一长，总有百密一疏，有天早上她起来上卫生间，睡意蒙眬的，只穿着短裤背心，也没留意母亲在里面，一头撞进去。卫生间里灯光雪亮，母亲跪在地砖上擦抽水马桶，退休以后母亲习惯早起打扫卫生。肯定是角度的缘故，跪在地上的母亲一抬头就看见了她的小腹，裸露在三角短裤与小背心之间，母亲的目光聚焦到一个点上，突然间脸色大变，如同见到鬼魅似的发出一声惊叫。

是她肚脐眼下的那三个字吓到母亲了。母亲说："天哪天哪，那是什么？"

崔樱想把那三个字遮起来，已经来不及了，母亲喊出了那名字："张小申！张小申！你怎么把张小申写在自己身上？"

父亲听到母亲歇斯底里的喊声，忙从卧室奔出来，见状也是目瞪口呆。事情闹到这地步，不用说，两位老人都清楚得很，崔樱不光跟张小申发生了关系，还死心塌地爱上了他。"你怎么可以这样？你是叫鬼附身了吗？一点都不懂得羞耻啊！"母亲坐在地上又哭又喊，一把鼻涕一把泪的，看上去都快疯了。

父亲气得发抖，他没像母亲那样责怪崔樱，却要跑出去找张小申算账。这小子太流氓了，睡了他女儿不说，还在她肚子上留自己的名字，好像盖私章一样，盖一下就算占为己有了。"我宰了这小子！"父亲大喊着真要去拿刀。

崔樱拦在父亲面前，说："你要杀先杀我吧。"

崔樱伸长脖子，一副慨然就义的凛然，倒把父亲给镇住了，刀哐当一声掉在地上。这场冲突以母亲打自己的嘴巴告终，她千恨万怨，末了只能怨她自己："我这是作的什么孽啊！"她边哭边抽自己的耳光，抽得满脸通红，腮帮子上的手指印第二天都没褪干净。

母亲伤心到一个程度，都有点忧郁了。做事丢三落四，烧菜烧着烧着就忘记了，直到锅里的菜变成焦炭。有一次更可怕，油锅着火，差点把厨房烧掉了。她还整夜失眠。崔樱夜里去上厕所，看见母亲一个人坐在客厅沙发上，眼睛直直地瞪着大门，好像怕她半夜逃走去跟张小申私奔。

家里乱了套，父亲逼着崔樱表态，必须跟张小申一刀两断。"这是救你自己，也是救你妈。"父亲说得极其严肃，仿佛张小申身上担着两条人命。

崔樱当然不敢这样去跟张小申说，但她不说，张小申也知道。不过，他想得比较简单，他说："你父母不就觉得我配不上你吗？那好吧，我张小申也去出人头地给他们瞧瞧，到时候看他们答不答应。"

天底下哪有这么容易就出人头地的好事儿？他说得也太轻巧了。崔樱听了来气，懒得搭理张小申。没想到张小申倒是认真的，第二天他兴奋地来找崔樱，说自己想好了，要崔樱听他的计划。

他俩坐在星巴克，要了两杯咖啡，门边墙上有一台电视，正播放一档纪实节目，某电视剧剧组在全国海选演员，吸引无数年轻人前来参演。这档节目是该剧组的商业炒作，但因宣传到位，参与性强，采用淘汰制，竞争激烈，已成收视热点，捧红了好几个进入选拔赛的年轻人。崔樱和张小申还没聊几句，张小申突然指着屏幕上一个正在参演的歌手说："我也要上电视，跟他一样红。"

张小申说的出人头地，原来是去参加这档海选节目，一旦在竞争中脱颖而出，他将有机会去演电视剧，担当重要角色。好就好在海选不设门槛，谁都可以报名参加。这无疑是条捷径，如果成功，不光是出人头地那么简单了，后面还有电视剧效应，等到电视剧热播，完全有可能成为万众瞩目的明星，乃至成为全中国的偶像。

亏他想得出来！崔樱像是听到了一个天方夜谭，张小申他能行吗？要去报名参演，是要有真本领的，唱歌、表演、普通话朗诵、台词对白，还有文化知识，样样都要拿得起放得下。从已经进入下一轮的那几个参演者来看，他们的水平都不亚于专业水准。而张小申呢？他有什么演艺经历？不过是个学修车的技校生，从没接受过专业训练，哪来的文艺才能？

张小申不跟她说这些，张小申说："我是为了你，拼了！"

只这一句话，就把崔樱彻底打动了，多少的疑虑和反对都不再是理由，她的眼泪一下子流出来："好，我支持你！不问结果，只要参与。"

"不，我要上电视，站到这个舞台上。"张小申指点着星巴克门口电视机里正在播放的星光熠熠的梦幻舞台，充满自信地说，"我要叫你爸妈和你们家的亲戚朋友都看到，我张小申是上得了台面的。"

看到张小申这么在乎她父母和家里亲戚朋友的态度，崔樱倒没往别的地方去想。相反，她觉得这是张小申爱她的表现，他是为了她，豁出去了，非成功不可。"我相信你。"崔樱泪光盈盈地握住了张小申的手。

张小申笑了，他顺着崔樱的话，念出了电视里正在播出的这档纪实节目的广告词："相信梦想，创造奇迹。"

对，我们要创造奇迹！那一刻，与张小申泪眼相对的崔樱，觉得自己是世界上最幸福、最有盼望的女人。

明　星

张小申有一度混迹街头，跟人打架、喝酒、追女孩，也学会了街舞。当然他没跟崔樱说，他学街舞主要是为了泡妞。这一招实在管用，你只要卖力跳上大半夜，搞几下小噱头，保准有女孩上钩，主动黏上你，对你崇拜得要命，然后你就可以在众人艳羡的目光中将她带走了。

他的偶像是迈克尔·杰克逊，还有后街男孩，他从他们的碟片里学到不少功夫，也可说他基本上是自学成才。虽然他跳得不是最好，但毫不夸张，他长得最帅，绝对是当年他家附近那几条街上人气最旺的街舞一哥。

打定主意要上电视剧剧组的海选节目，张小申先给崔樱跳了段街舞，好几年没练，动作多少显得生疏，身段也变生硬了，但对于从没在街头看过街舞的崔樱，她的震撼却是相当强烈的。她仿佛看到了电影《霹雳舞》里的男孩出现在她眼前，旋转、跳跃、翻滚、倒立，时而像旋风，时而像火焰，也有像僵尸的，像抽筋的，各种的搞怪，各种的滑稽动作，引来她一阵阵惊叫。她看得眼花缭乱，越看越觉得张小申是个了不起的被埋没掉的人才，社会对张小申太不公了，她必须帮他崛起，站上人生峰顶，他应该有资格享受到成功的喜悦。

这样想的时候，崔樱忽然记起他俩第一次见面，阿胖和芳芳说张小申跟她是《西厢记》里的一对才子佳人，她一直不以为然，现在看来，还真有那么点意思呢!《西厢记》里的张生后来中了状元，如果张小申在海选中大放光彩，那和金榜题名也没啥两样，等待他们的不就是洞房花烛夜了吗?

崔樱的心热切起来，涌动着成就一项壮举的冲动。她首先替张小申置办了全套行头。表演街舞需要专门装备，一双炫酷的运动鞋必不可少，牛仔裤要有破洞，或者拖地的多兜裤，上身是运动衫加牛仔背心，头戴棒球帽，这些东西看上去普通，若要与众不同，突出个性，也不是件容易的事。崔樱精挑细选，买的都是最贵的名牌，钱全由她来掏。她笑着跟张小申说，她是全包但不求一分回报的全权赞助商。

张小申有她鼎力相助，出师顺利，很快在选拔赛上崭露头角。那档节目为他录制了表演实况，播出那天晚上，崔樱特意待在家里，早早把频道调到这档节目。她父母也爱看选秀，电视剧剧组的海选特别热闹，又吊人胃口，他们场场不漏，对每个上台的年轻人都报以热烈掌声。"你看看人家，"母亲总是这样指点着电视屏幕，对崔樱说，"这叫学有所长，有出息！"父亲也附和说："中国就是民间高手多。"崔樱知道父母话里有话，是针对张小申说的。娘娘腔一个，中看不中用，父母借题发挥，总能归结到对张小申的评价上，崔樱每次听到都极不舒服，恨不得叫父母闭嘴，但这会儿，崔樱却巴望父母多发点议论，他们指桑骂槐说够了，到时候电视上张小申一亮相，看他们怎么下台。一想到父母的狼狈相，崔樱忍不住要笑出声来。

轮到张小申上场了，崔樱父母开始没留意，只觉得这小伙子面熟，舞也跳得好。主持人在一旁介绍，张小申如何如何，崔樱母亲呆了一呆，凑近去细看张小申的脸，说："张小申？哪个张小申？"

崔樱笑笑说："还有哪个张小申？就这个张小申呗！"

崔樱父母终于认出来了，两人面面相觑，仍然不敢相信："他怎么会上电视？"

"他为什么不能上电视？人家学有所长，民间高手多啊！"崔樱一口气把父母说过的话全用到了张小申头上。

电视屏幕上，张小申跳得起劲，一会儿像陀螺似的旋转，一会儿仿佛触了电一般浑身乱颤，然后突然进入失重状态，如同电影里的太空人，难以思议地以慢动作飘浮起来。评委们都看呆了，现场观众的反响异常热烈，看来张小申胜出已毫无悬念。崔樱开心极了，顾不得父母的尴尬脸色，咯咯笑个不停。

崔樱父亲摇摇头，讪讪地说："看不出他还有这一手。"说完他赶紧溜进房间，再也不看电视了。

崔樱母亲的反应更绝，她大约终于清醒过来，恢复了镇静，说："不就跳个舞吗？又不能当饭吃。"

崔樱气坏了，别人唱歌跳舞都是有出息，偏偏轮到张小申就不算数了。"妈，你们也太不讲理，太欺负人了！"崔樱愤然扔下一句，摔门而去。

张小申在电视里出尽风光，成了一夜爆红的演艺新秀，却未能改变在崔樱父母眼中的地位，这对崔樱的刺激非常大，原本应该欢庆的心情一扫而空。她跟张小申约好了在酒吧等她消息，这下好了，她怎么去跟张小申解释？

那天夜里，认识张小申的人都为他点赞，张小申的朋友圈刷爆了。崔樱没发朋友圈，她把自己灌醉了。张小申差不多是抱着她走出酒吧的，到了外面，崔樱还醉醺醺嚷嚷着，不让张小申走："我要喝，我没醉，没醉……"

看她这样难受，张小申说："要不，咱俩私奔算了！"

崔樱嚷嚷得更凶了。"我不要，我干吗要私奔？"她推开张小申，一会儿又拿拳头打他，"我告诉你，张小申，我不要偷偷摸摸的，我要光明正大跟你结婚。你听见没有啊？"

"我听见了，崔樱，我们光明正大结婚！"张小申又把崔樱抱起来，抱得高高的，冲着寂静的街巷大喊大嚷，"嗨，结婚喽，结婚喽，新娘子来啦——新娘子来啦——"

还真有人被惊醒了，打开窗户朝街上看。

崔樱咯咯大笑，笑得眼泪都出来了："这半夜三更的撒酒疯，我们是一对疯子啊，张小申。"

崔樱说的疯子，后来却应验在她自己身上。谁都没想到，平日里乖巧文静的崔樱，有这么大的胆量，为了她与张小申的婚事，可以不顾一切，做出一件石破天惊的事。

某一天，人来人往热闹非凡的市中心街头，出现了一面巨幅广告牌，广告牌的中心位置画着个跳街舞的男孩，像太空人似的腾空翻滚，仿佛要挣脱地球引力，尤其吸人眼球的是他那张精致秀气的脸，笑得特别灿烂。手上举着一枚硕大的钻戒，闪射出超凡脱俗的光芒。他就是刚刚在海选节目中大红大紫，以至于家喻户晓的张小申。在张小申对面，有个穿白色婚纱的女孩，手捧鲜花朝张小申奔来。她奔得太快了，婚纱飘动，几乎飞了起来，就像展开翅膀飞翔的天使。这个女孩是崔樱。

仔细看，原来是个婚纱广告。毫无疑问，广告的创意与画面都相当精彩，但问题在于，张小申与崔樱怎么会成为这个广告的代言人？

真相相当令人惊讶，这个广告是崔樱策划的，原本属于她公司的业务，她瞒着公司经理，瞒着客户，换掉了早已审定通过的画面内容。具体来说，换掉了公司和客户花大价钱买来的两个影视明星的肖像，换上张小申和崔樱自己，他们俩变成了广告主角，直接站到市中心街头，等于向全世界宣布——张小申和崔樱结婚啦！

这也太异想天开，太匪夷所思了，崔樱公司得知这一情况，大为震惊。他们公司经营广告十多年，从未出现过员工把自己弄到广告牌上亮相这回事，客户那边会怎么想？他们肯定不答应，非跟你找碴子不可，那你就惨了，广告必须重做，还得赔上一大笔钱。

公司经理紧急找崔樱谈话，告诉她事情的严重性，她背着公司擅自更换广告内容，一切后果由她自负。崔樱倒淡定得很，她说她愿意赔钱走人，不过她也有个要求，如果客户不提出更换广告画面，那就让这幅广告继续挂在市中心街头，越久越好。

这怎么可能？客户已经确认了原先的广告内容，专门请来两位影视明星代言，现在被你改了，客户会买账吗？他不上法院告你欺诈算对你客气了。经理恨不得痛骂崔樱一顿，还是哲学系毕业的，基本的思考能力哪去了？女人哪，一碰上爱情就疯了，无可理喻。

但事情的发展同样无可理喻，客户打来电话，盛赞这个广告做得好，超出他们的预期，要给公司奖励。经理都听呆了，怀疑自己的耳朵出了毛病，赶紧叫人去广告牌那儿看看。不一会儿，去的人给经理打电话，说你自己过来看吧。经理带着崔樱，到了市中心的街上，却见一大群人围在一家五星级酒店前，对着安放于酒店裙楼上的大广告牌指指点点，还有人忙着跟广告合影，举着手机自拍的也不少，场面热闹非凡。

崔樱自己也没想到，这幅广告会引起如此巨大的轰动，尤其在年轻人当中。太空人般跳街舞的男孩与天使般穿婚纱的女孩，既梦幻又浪漫，还有从电视节目里借用的广告语："相信梦想，创造奇迹。"这简直就是青春与爱情的代言，说到年轻人心里去了，想不火都不行啊！据说后来安放广告牌的这家五星级酒店的生意都给带动了起来，那段时间里顾客盈门，天天爆满，来的大多是一对对的情侣。

崔樱父母看到这幅广告牌已是多日之后，一个几年没联系的远亲打来电话，抱怨他们说，崔樱都结婚了，怎么也不喊他们来喝喜酒。两位老人很是生气，说这位远亲莫名其妙，哪来这么不靠谱的话，崔樱连男朋友都没呢，跟谁办婚礼啊？远亲也生气了，说，你们排场搞这么大，做人倒小气得很。说得两位老人丈二和尚摸不着头脑，难道崔樱自己去办了婚礼？还搞了个大排场？

后来站在市中心街头那幅巨大的广告牌下，看着那个穿婚纱的像天使一样飞起来的女儿，崔樱父母怔愣了好久，手脚冰冷，心里却雪亮雪亮的，像明镜一般。他们知道，他们已无力阻止女儿了，她好像到了另一个世界。以后，他们只能随她去了，她就是飞向地狱，他们也奈何她不得。

崔樱父母选择了默认，但与张小申的关系始终没能改善。也就是说，崔樱父母接受了崔樱与张小申结婚，却不接受张小申本人。崔樱父亲仍在背后称呼张小申是娘娘腔，崔樱母亲倒把他当小明星看待，不过，那也是跑龙套的叫不上名字的那种明星。她说："就他那种家庭，没学历没文凭，能有多大出息？"

不管崔樱母亲的话存有多少偏见，有关张小申的出息，还真让她说中了。海选节目的第二轮，张小申未能胜出，他期待中的辉煌早早就落空了。这个反差太大了，崔樱和张小申自己都没心理准备，但也不得不接受现实。电视机前的观众都能看出，张小申的条件很好，基本功却不够扎实，他走红基本上靠的是他的外形，还有街舞这个深受年轻人喜爱又比较少见的表演门类，一到拼实力，张小申的短板就暴露出来了。拿一个评委的话说："不能光靠小聪明，成功是需要长期磨炼的。"

张小申通往电视剧剧组的明星道路就这样折戟沉沙了。不过，张小申的运气还算不错，另有一家影视公司来找他，请他去拍电视剧。他又有了另一条明星的道路。那段时间是他事业的高峰，也是他与崔樱爱情的高峰。他们抓紧时机谈婚论嫁，很快举行了婚礼。

崔樱父母虽然不大乐意，面子还是要的，婚礼一定要办体面，要按照城里人的全套规矩。他们当然是好心，好到一个程度，婚礼的费用全由女方开支，这在这座大城市的本地人规矩里头是从来没有的。因此后来，张小申与崔樱的感情出了问题，崔樱特别受不了时，她首先想到的，就是这场婚礼。她说："张小申你凭啥一分钱没花就把我给娶走了？"

张小申回答她说："不是你家钱多爱施舍，是因为你贱！"

婚　礼

张小申带崔樱回家见自己父母，要比崔樱带他去见她父母晚得多，因为张小申觉得自己的家带不进来。

那时，张小申父母早已退休，从黑龙江回到老家的大城市居住。与张小申的同龄人相比，张小申父母年纪要大许多，差不多大上十来岁。在生张小申之前，他父母生过一个儿子，很不幸，儿子长到八岁，在一次意外中死了。张小申父母悲痛万分，为了尽快埋葬掉这份悲痛，他们拼命努力，两年后又生了个儿子。所以对张小申来说，他父母等于中年得子，加上前面的丧子之痛，父母对张小申这个独根苗苗越发宝贝，唯恐他再有什么意外，早早设法把他送回老家大城市寄养。

张小申父母退休后，身体不好，他们一直适应不了黑龙江，回老家与张小申一起生活是他们梦寐以求的事情。这几年老家发展迅速，是屈指可数的大都市，各方面条件都比黑龙江好多了。他们以为辛苦了一辈子，这下可以在老家安度晚年了。不曾想，他们回来没多久，张小申带了个女孩到家里，便把一切都改变了。

张小申常说，没有比他父母这一代更倒霉的了。他父母学校一毕业，和同学们一起响应号召，呼啦啦全去了黑龙江，把青春都耗那儿。老家这边，爷爷奶奶死得早，只有母亲家里的亲戚，外公外婆和姨妈，来往也不多。那时候大城市里的住房都非常紧张，外公外婆和姨妈姨夫住一块，只有一间十二平方米的小房子，后来姨妈生了表姐，这间小房子三代同堂。张小申父母回老家探亲，都是打地铺挤小房子。空间实在狭窄，张小申父母的地铺打到了餐桌底下。

饶是如此，张小申父母对老家的这座大城市总是放不下，他们期盼着，他们自己不能回来，有一天他们的儿子能够回来。这一天还真给他们等到了，张小申上小学三年级，上面来了政策，知青子女可以把户口落回老家的大城市，也可以回来上学念书。张小申父母与许多黑龙江知青一样都高兴坏了，但开心过后，一旦落实到具体问题，张小申父母发现困难重重。首先，他们在老家的大城市没房子，没房子也就意味着没地方落户口。张小申的外公外婆这时也都过世了，唯一的亲人只有姨妈。

为了儿子的未来，张小申母亲跑回老家去求她妹妹，好说歹说，张小申母亲都差点跪下了，她妹妹总算答应。其实这事也怪不得她妹妹，城里人的户口牵涉到许多利益，弄不好埋下以后的祸根。

果不其然，张小申读技校那年，他姨妈家的房子要拆迁，按照户口，姨妈家可以分到一套两室两厅的新房，这个房子里，应该包含了张小申。可姨妈一家显然不欢迎张小申这个外来人，他们都没告诉张小申母亲拆迁的消息，等拿到新房，全家忽然搬走了。

张小申就读的汽车修理学校在郊区，平常一个月回来一趟。那天他回到姨妈家，却是人去楼空，旁边的工地上，挖掘机正在隆隆作响，顷刻间，一栋房子轰然倒下。

张小申母亲听说此事，差点急疯，她请病假跑回老家大闹，要求她妹妹在新房子里给张小申一间房间。而她妹妹却说，当初要不是她可怜张小申，答应给他在自己家里落户，张小申根本不可能成为城里人，得到大城市户口这样一个无价之宝。"你儿子有户口够赚了，你还想怎样啊？"

姐妹俩反目成仇，一怒之下，张小申母亲把她妹妹告上了法庭。

经过法院调解，后来姐妹俩达成一致：新房子归妹妹一家，妹妹把她公公婆婆死后由她丈夫继承的一间老工房让给张小申。这间老工房虽然破旧，但独门独户，对张小申来说还算实用。

有了房子，张小申有了自己的家，张小申父母退休回老家也有了落脚之处，这是两位老人晚年最幸福的事情，他们重新做回了城里人。张小申母亲说，生在城里，长在城里，这辈子却没好好做过城里人，现在老了，倒可以做一回了。老两口与张小申住一起，日子安定下来，相当满足。

本来张小申父母也不是没想过张小申一旦结婚，房子这么小，怎么居住。老两口过惯了紧日子，觉得在大城市没房的人多了去，只要有房，条件就算不错了，多大的问题一个屋檐下总能解决。

但见到崔樱的第一面，张小申母亲的这种自信就不攻自破，瞬间瓦解了。倒不是崔樱对这房子有多不满意，她自始至终没说一句嫌弃的话，真是个心地善良的好女孩。正因如此，反倒给张小申母亲巨大压力，她非常强烈地感受到，这女孩条件太好了，不是属于他们这样的人家的。

张小申母亲是过来人，虽然生活在底层，世面还是见过的。崔樱的打扮，言谈举止，不说大家闺秀，小家碧玉那是至少的。她父母对她的娇生惯养也是显而易见，一双手伸出来，白白嫩嫩。张小申母亲觉得，她可能从来没做过家务，煎个鸡蛋都会煎糊。那是富贵命，来享受的，张小申能满足她的需求吗？

　　张小申母亲最受不了的，是崔樱看他们家房子的眼神，她不是厌恶、轻蔑、不屑一顾，她是满眼的同情与怜悯。"伯父伯母，你们住这么小的房子，太辛苦你们了。"崔樱这样说，然后她转身，有点心疼地拍拍张小申，"张小申，没想到你好可怜呵！"

　　她真的是可怜他们。听到张小申母亲说起过生日都没买过蛋糕，她马上出去买了只大蛋糕回来，法国牌子，据说面粉和奶油，包括果仁等配料都是进口的，超级贵。"伯父伯母，给你们尝一下。"她是客气，但说话的口吻倒像是施舍。张小申父母不好推辞，吃了一小块。张小申母亲解释说他们都有高血糖，吃不得甜的东西，实际上是委婉地告诉崔樱，她不是买不起蛋糕。但崔樱好像没听明白她的潜台词，或者听明白了，却仍然觉得张小申父母不该错过如此难得的进口美食。她又切了一块蛋糕，装在碟子里，端给张小申母亲，说："法国蛋糕就是不一样，我专门替你们买的，不能浪费。"弄得张小申母亲不领情都不行。

　　崔樱的同情心还落到张小申父母的穿着上，她见他们穿的都是旧衣服，便跟张小申母亲说，下次她从家里带几件她父母穿剩了的衣服过来，都是名牌，八九成新，张小申父母穿上肯定显得年轻。果然，几天之后，崔樱从家里拎来一大堆东西，有衣服、鞋子、帽子、手套、围巾，还有水果和营养品。崔樱父亲是大企业的中层干部，管人事，手头有点实际权力，好些人上门求他，来的人中没一个空手的。崔樱说家里的东西吃不完，都过期了。崔樱特意拿出两盒脑白金给张小申母亲，一包西洋参给张小申父亲，嘱咐他们必须天天吃。

崔樱走后，张小申母亲跟张小申说："我们家来了个大施主。"

张小申听了很不高兴，说他母亲："妈，你怎么也这么小心眼？人家是好心，待你好还有罪啊？"

"我是让人待我好待怕了，"张小申母亲说，"弄得我好像一辈子都欠了人家。"

张小申母亲说的是她妹妹，打官司最后争得这一间老工房，却被她妹妹四处宣扬，张小申一家都是白眼狼，当年张小申十岁寄养到她家，她给他好吃好穿，没功劳也有苦劳，可张小申一家怎么报答她？把她公公婆婆家的房子都抢走了。这话是难听，不知情的人都觉得张小申太过分了，你有户口，在姨妈家搭个铺，要个居住权，这没问题，但把姨夫祖上的房子拿走，算哪门子事儿？大家议论张小申，更多的是说张小申母亲的不是。所以，张小申母亲最怕见到别人对她好，她从黑龙江回来，心里已经觉得有无数委屈，凭什么你们可以在大城市享福，我就必须到黑龙江吃苦，回来了你们还不待见我？张小申母亲在这些事情上是很敏感的，也特别要强，不让别人说自己的闲话。

到了张小申和崔樱开始谈婚论嫁，不用张小申提出，张小申父母已决定把房子让给张小申结婚。他们看得很清楚，崔樱若是愿意来住这样的新房，已是他们家八辈子修来的福气了。怕就怕崔樱瞧不上，非要他们买房子，或者叫张小申倒插门，住到崔樱家去。

张小申父母虽然穷，面子方面却是特别讲究的，张小申是独子，他以后生的孩子不姓张，张家怎么抬得起头？另外，张小申父母也怕张小申进了崔樱家吃亏，儿子从小寄人篱下，感情上跟父母多有隔阂，这已是张小申父母的心头之痛，再叫他去吃二遍苦，做父母的说什么也不能答应。

所以张小申父母必须做出牺牲。他们把房子让给张小申后，在老家就没了立足之地，租房子太贵，唯一的退路是回黑龙江。好在黑龙江也有一间小房子，物价又低，老两口过过日子绝没问题。

张小申也觉得这个办法好，不跟父母一块生活，对他来说，少了负担，也少了矛盾，他和崔樱完全可以过得轻松自如。父母跟他这么一说，他马上点头表示赞成，连一句挽留父母的话都没说出口。

张小申母亲心里酸楚，又暗自抱怨自己当年为了让张小申拥有大城市户口，一辈子做个城里人，十岁就把他送走，张小申自然跟她没多少感情，如今这般淡漠也是报应。张小申母亲越想越难过，不由当场落泪。

倒是崔樱觉得两位老人不该回黑龙江，她和张小申在外面租个房子住也可以结婚。崔樱想去跟张小申父母说说。但两位老人心意已决，又怕说多了为难崔樱，自己儿子夹在中间也不好做人，不如早走早安心。老两口于是收拾了行李，买了两张火车票，不等张小申和崔樱举办婚礼，先回黑龙江去了。

后来的事实表明，两位老人的做法还是蛮聪明的，避免了两家许多矛盾，但也埋下了隔阂。从崔樱的角度看，张小申父母有点不近人情，把她的好心当作驴肝肺，连跟她沟通一下的心思都没有，旁人不知道底细的，还以为是她逼走了两位老人呢。

张小申父母不在了，这桩婚事自然由崔樱家做主。何况两个年轻人已名声在外，人人皆知生米做成熟饭，是在闹市区打了广告的，不结婚岂不丢自家的脸？到了这份上，崔樱父母反而没想法了，只希望把婚礼办好，体体面面将女儿嫁出去。

　　张小申在这场婚礼中的贡献，就是把他那破破烂烂的小房子给简单装修了一下，根据崔樱的意思，阳台改成浴室，安了只德国进口的大浴缸。买浴缸的钱还是崔樱掏的，张小申乐得听从崔樱，反正最后都是两人一起享用。

　　这场张小申没出一分钱的婚礼办得相当热闹体面。婚宴地点就在市中心那家放置大广告牌的五星级酒店，也算他俩给酒店的一个回报，酒店为此提供了许多优惠，包括餐饮折扣和赠送客房。张小申当时已在剧组拍电视剧，演一个一点都不重要的角色，不过海选节目带来的影响尚在，婚庆公司把他的剧照放得比真人都大，摆在酒店大厅，路过酒店的客人都能看见，特别风光。剧照里的张小申身穿20世纪30年代的长袍，手托一只鸟笼，活像个花花公子，跟结婚的气氛有点不搭调。尽管如此，大家还是为他高兴，阿胖和芳芳他们都说，张小申和崔樱这对才子佳人终成佳偶，还真是现代版的《西厢记》呢。

　　张小申父母从黑龙江赶回来参加婚礼，虽然是男方长辈，他们的角色却比较尴尬，因为婚礼全由女方操办，张小申父母觉得来早了也插不上手，只提前了两天来。崔樱父母专门给两位老人安排了房间，婚礼当夜与新郎新娘一起住酒店，免得来回奔波。他们的好心却引来一系列麻烦，险些使得这场看上去尽善尽美的婚礼不欢而散。

张小申父母从未住过五星级酒店，进了房间，觉得太高级了，很不适应。两位老人小心翼翼、蹑手蹑脚的，唯恐碰坏了东西。后来实在忍不住，偷偷问张小申这房间一夜要多少钱。张小申不肯告诉他们，只说："你们住着就是了，又不要你们掏钱，不住白不住。"

这是什么话？怎么叫不住白不住？张小申父母不知道在这里办婚礼，有几间客房是免费赠送的，张小申的不住白不住其实是冲着这事说的，他们反而以为张小申的意思是占点崔樱父母的便宜没关系，反正他们都已全部买单。

张小申父母非常不安，大着胆子打开柜子，只见柜子里放有一些小零食，边上有一张价目表。价格贵得令人咋舌，一包小饼干要几十块钱，打开冰箱，一听可乐也要几十块。同样的东西，为什么要比外面超市贵好几倍？张小申父母担心这房间也是天价，两人到大堂溜达，四处窥探，终于看到房价表，这一看更吓一跳。他们住的房间一晚上要三千多，差不多是他俩一个月的退休工资。这怎么行？无论如何不能住。张小申父母思来想去，连参加婚礼的心思都没了，觉得跟张小申说不清楚，不如直接去找崔樱父母。

张小申父母当然是出于好心，不能让女方花冤枉钱。两位老人找到崔樱父母，来不及客套，就说，这房间太贵，他们不住了。

这时婚礼已经开始，宾客们陆续到来，崔樱家来的亲朋好友多，崔樱父母忙着接待，哪顾得了这种事。虽然三言两语的，他们也听出张小申父母的意思，是为他们省钱，但房间都住进去了，这时候退回不住岂不添乱？崔樱父母便没怎么搭理两位老人，转身陪客人去了。

张小申父母一片好心碰了一鼻子灰，人家父母根本不睬他们。两位老人呆立在大厅，左看看，右看看，异常尴尬窘迫，心里不由犯起了嘀咕，以为崔樱父母瞧不起他们。

进入喜宴阶段，众人入座，菜肴一道道端上来，台上有主持人表演节目，气氛热烈。张小申父母越发感觉到冷落，他们家没来一个亲戚，四周都是新娘家的七大姑八大姨，他们应和着台上的节目，彼此敬酒，大声说笑，好不开心。酒喝到一半，张小申母亲的胃病犯了。她是个老胃病，情绪不好的时候特别容易犯。今晚她确实受到了刺激，胃便开始难受。但她嘴上不能说出来，你儿子结婚，你心情不好犯胃病，这也太触霉头了。张小申母亲咬牙忍着，一口菜也吃不下，又想起三千多的房价，还有她和张小申父亲开的小旅馆房间。他们事先不知道崔樱父母安排他们住五星级，一回来就订了小旅馆，那儿每晚只要两百块——这两百块也是为了儿子结婚住得好一点，才硬着头皮掏的。

这样一想，莫名其妙的，张小申母亲就怎么也放不下那两百块一夜的小旅馆房间了，她想要是晚上不回去住，那两百块岂不浪费了？越想越肉痛，胃也跟着搅动，一阵阵抽搐，两种疼痛纠缠在一起，弄得她直冒冷汗。

张小申父亲见她疼得厉害，问她要不要去医院，或者到药店买点药。张小申母亲说，胃疼不要紧的，她是想早点回小旅馆。

张小申父亲说，回不回去都一样，反正都要浪费那两百块，不如今晚住这三千块的。

张小申父亲到底比较理智，知道住三千块比两百块划算，但张小申母亲坚决反对，她不是这样想的。她说，这两百块是她自己掏出来的，如果她不住回去，感觉这两百块完完全全白扔水里了，只有住回去，她心里才会踏实，才会觉得这两百块花在了自己身上。

张小申父亲拗不过她，叹口气说："你啊，就是享不来福的命！"

张小申父母倒没马上走，他们等到婚宴结束，看看客人散得差不多了，两人才悄悄离开。走的时候没跟张小申说，也没跟崔樱父母说。他们看到张小申喝醉了，被人扶去卫生间，一时出不来。崔樱父母忙着送客，奔前奔后的，也根本分不出身来。最主要的，两位老人都觉得不好意思向崔樱父母开口。他俩宁愿去住两百块一夜的小旅馆，不愿住三千块的五星级，是不是对他们有看法啊？那样一来，倒把事情搞复杂了。

张小申父母没想到，他俩这一离开，事情才真变得复杂了。两位老人，还是新郎的父母，在婚礼结束时突然失踪了，整个酒店都找不到他们，这是多大的事儿啊！张小申的酒也醒了，给他父母打手机，怎么都打不通。其实老两口是在地铁里，车厢太过喧闹，没听见手机响。后来终于打通了，老两口说，他们已经回到他们自己订的旅馆了。崔樱父母火冒三丈，险些当场发作，这世界还有这种拎不清的人！这不是摆明羞辱他们吗？就是对他们有再大的不满，也不能这样拂袖而去啊。亲朋好友们要是知道了会怎么想？大家还以为是他们不待见张小申父母，叫两位老人受了多大的委屈，这才来个不告而别。

张小申当然也恼火，最没面子的是他。但这时候他跟谁说去？只有先息事宁人。幸好他嘴巴甜，忙着给崔樱父母赔不是，求他们不要跟自己父母一般见识，他俩既然走了，那就随他们去吧。崔樱坚决不肯，她非要张小申去把他父母喊回来。崔樱说："张小申，你喊不回来也别回来了，跟你爸妈去过得了。"

张小申半夜赶到父母住的小旅馆，一进门，便叫父母起来。他父母已睡下了，见他怒气冲冲的样子，知道事情不妙，战战兢兢地坐在床头，没敢下床。张小申也不说话，转身去卫生间打了一脸盆冷水，哗啦一声全泼在父母盖的棉被上。

张小申大吼一声："叫你们起来，你们还不起来！"

大冬天的，棉被都湿了，张小申父母不肯起来也不得不起来。

张小申又去打了一脸盆冷水，泼在床上，把床也全泼湿了，他说："看你们还睡不睡，我叫你们舍不得这两百块钱！"

婚　姻

　　崔樱嫁了个小明星老公，本来应该是崔家引以为傲的谈资。崔樱父母比较低调，一般在别人面前尽量少提张小申。从根本上，他们对张小申的看法并未改变，不过是因为女儿坚持，非他不嫁，生米做成了熟饭，他们才给了一个体面的婚礼，其实这个体面最终还是给他们崔家自己的。

　　崔樱父母对待张小申的态度，总的来说是客气，但保持距离。张小申嘴巴甜，换了别的父母，早忘了以往的过节，欢欢喜喜把张小申当半个儿子看待了。崔樱父母不，他们当面不说，背后还是有好些微词的，主要是说给崔樱听。崔樱父亲甚至在崔樱面前都不叫张小申名字，称呼他"娘娘腔"。"那个娘娘腔……"他通常这样开头，搞得崔樱相当反感。以后父母要说有关张小申的什么事儿，她一概不想听。这样一来，婚后的崔樱，跟娘家的关系便愈来愈疏远了，用她母亲的话说，真是"嫁出去的女儿，泼出去的水"。

父母的态度，无形中也对崔樱造成压力，她很怕别人都像她父母那样看待张小申，所以她自己愈加把张小申挂在嘴边，张小申长，张小申短。比如张小申跟某某大明星大导演合作演戏，某某大明星大导演非常看重张小申，准备提携他演下一部戏的男一号，如此等等，都是从崔樱嘴里宣扬出来的。她由喜欢夸耀张小申，顺带着喜欢上了影视圈的八卦，某某明星出轨，某某导演偷腥，某某影视老总在美国买了豪宅，包括某某制片人家里丢了一只狗，她都知道。

有一次几个朋友聚餐，芳芳听崔樱大发议论，便说婚后变化最大的女人是崔樱，现在她身上一丁点儿都看不出以前的影子了。崔樱问芳芳，她以前的影子是什么样的？芳芳说："你以前说的东西都挺高级的，张口闭口哲学，萨特、海德格尔什么的，不食人间烟火啊。"

崔樱一愣，说："你的意思是影视太俗了？"

芳芳哈哈一笑："这些八卦我们说说还差不多。"

崔樱说："我明白了，你说我变化大，是从云端跌到泥地里了。"

阿胖说："是有这词，你跟以前是云泥之别。"

崔樱笑笑说："学哲学的人也需要生活。歌德说，理论是灰色的，生活之树常青。其实这样说说八卦也蛮好的。"

"那是，"阿胖说，"你们看看高档写字楼里的那些女孩，高学历，高智商，可追起剧来，她们哪个不是死去活来的？"

"好啊，那你们跟我一块追剧吧。"崔樱鼓动说。她的意思当然是要大家跟她一起追张小申的剧。

终于，崔樱和被她鼓动的朋友们等来了那部给张小申带来无数光环、无数期待的电视剧。张小申不是主角，但也算得上正儿八经的一个角色，在电视上混个脸熟那是肯定的。张小申出名了，他走到哪儿，都有人认出他。有一次在饭店吃饭，服务员上来要求合影，饭店老板请张小申签名留念，搞得像大明星到场，吸引很多顾客围观。饭店老板一高兴，餐费免单，让他们白吃了一顿。

受到如此隆重的礼遇，崔樱当时的感觉真是好极了。那段时间，她逢人便说，我们家张小申如何如何。在她嘴里，张小申已经跟最红的明星相差无几了。

崔樱对张小申的电视剧表现出如火的热情，虽然她自己也不觉得有多好看。她每晚提前守在电视机前等待播出，找各种话题发朋友圈，提醒圈子里的朋友别忘了观看。她跟张小申说："我这是给你拉收视率呢。"

遗憾的是，崔樱这么卖力，效果并不显著，这部电视剧反响平平，收视率一路下滑。张小申饰演的角色在热过一阵后很快冷却下来，再也没引起更多的关注。反而有评论家在网上发表言论说，张小申不会演戏，表情僵硬，看得出他没经过专业训练，也没什么天分，他不过是长得漂亮，机缘巧合进到影视圈罢了。

崔樱看到这样的批评很生气，她断言说，下一部剧张小申肯定能红。但下一部剧遥遥无期，而且在崔樱的人际圈子里，并没多少人把她的话当真，大家很快忘记了，张小申是从轰动一时的海选节目里走出来的小明星。

之后也陆续有剧组来找过张小申，请他去演电视剧，但角色的分量一部不如一部。终于有一天，崔樱发现张小申只是个跑龙套的，一集里说不上三句话，更惨的是，通常不到全剧的一半他就死掉了。张小申的最后一部电视剧是民国谍战戏，演一个富二代，二流子，导演看中他的理由仅仅是因为他长得油头粉面。导演说张小申跟角色高度吻合，不用化妆都可以拍。

这部剧也是张小申演艺生涯的终结篇，此后再没人来找过他。张小申在剧组解散之后并没马上回家，他在拍摄基地又住了段日子，直到崔樱去找他。

那是个深秋的中午，风很大，崔樱看到他时，他捧着一盒盒饭，杂在群众演员当中，白皙干净的脸第一次显得脏兮兮的。导演走进群众演员里找人演一个角色，张小申见导演没找他，凑上去跟导演说话，意思是他能演。导演看着他的脸摇头："我找煤矿工人，你演啥呀？"

张小申说："你叫演啥就演啥。"

张小申蹲到地上，抓起一把泥巴抹在脸上，白净的脸立刻变黑了。

导演还是摇头，说："要找黑脸的，这儿一大把呢，我何必找一个奶油小生抹点黑泥巴啥的？"

众人轰地都笑起来。

"散了散了。"导演挥挥手，领着他找的几个群众演员走了，别的人也走光了，剩下张小申还站在那儿，孤零零地看着自己投在地上的黑影。

崔樱突然鼻子一酸。她走到张小申身边，抓住他的一只手，像是下了巨大的决心，说："走，张小申，不演就不演！"

张小申被崔樱从拍摄基地拉回家，结束了短暂的演艺生涯。他自己有点心不甘，以后他多次说起这件事，认为是崔樱终结了他的星光之路。

回来之后，张小申闲在家里，没忙着找工作。剧组待惯了，他已不适应上班的节奏了，朝九晚五，那有多刻板、多痛苦。他喜欢自由散漫，过一种随意的生活。但这不等于张小申无所事事，张小申反倒觉得自己更忙了，他的大部分时间窝在家里打游戏。他迷得很深，打来打去，段位却不是很高。他花钱买了各种装备，好不容易进入最高段位，他从剧组赚来的辛苦钱也差不多全搭进去了。

崔樱下班回来，一进家门，通常看见张小申斜靠在沙发里，捧着手机打得忘乎所以。房间里灯也不开，黑乎乎的，茶几上搁着吃剩了的桶装方便面，散发出一股怪味。崔樱的怒火一下就上来了，嗤一声，把背着的包扔到沙发上。也是嗤一声，张小申站起来了，他不等崔樱把火发出来，抢先送上一张笑脸："辛苦了老婆。"他来一句问候，然后扑过来拥抱崔樱，给她一个亲吻。

崔樱生气地推开他："少肉麻。"

张小申嘿嘿地讪笑说："老公老婆，亲一口也不行吗？"

张小申又贴上来，崔樱再次推开他："你看看你，只会打游戏，饭也不会烧一下，这哪像个家？"

"怎么不像家？"张小申说，"我都在家等了你一天了，有你老公的地方就是家嘛。"

张小申很会甜言蜜语，被他东说西说的，崔樱的气就慢慢消了，但是嘴上不肯软下来，说出来的话依然硬邦邦的："别人的老公都像你这样，那还不饿死啊？"

张小申说："不就烧个饭吗？都什么年代了，有啥问题啊，咱们外面吃去。"

于是，张小申拉着半推半就的崔樱，打车出去吃饭。等到在明亮温馨的餐厅坐定，一碟碟色香味俱佳的菜肴端上来，崔樱的心情完全好了。张小申越发殷勤，给崔樱夹菜倒茶，端起一杯饮料也会说："敬敬老婆大人。"很让崔樱有百般受宠的感觉。

有时候崔樱就想，虽然两人斗了会儿嘴，但这种结局也不是不能接受的。相反，倒有点意外得来的浪漫。

当然也有叫外卖的时候。"现在叫外卖多方便啊，一个电话全搞定了。"张小申真能说，总能找出各种理由解决问题，好像他在引导一种新生活，而崔樱之前的有关两人世界的观念早过时了，为一顿饭买、汰、烧，花上宝贵的时间，太犯不着了。"你看，我们这样连碗都不用洗。"张小申把外卖盒子收起来，装进塑料袋，一身轻松地扔到外面的垃圾桶去。

婚后有一年多时间，崔樱和张小申过得自由自在，与之相辅相成的，吵架的次数也逐渐增多了，仿佛为了验证一个真理：自由是需要付出代价的。其实，这个代价有点上不了台面，因为他们吵架主要是为了钱。张小申不去工作之后，两人靠崔樱的工资过活，开销一大，多少有坐吃山空的意思。有一次点菜，崔樱觉得张小申点贵了，两人争起来，争到最后，张小申说："你一个学哲学的，也这么庸俗。"

崔樱气坏了，钱是她挣的，张小申都吃她的，到头来变成是她庸俗。她摔下菜单跑了，把张小申一个人扔在餐馆。更可气的是，张小申没跟她走，他拣起她摔到地上的菜单，点好菜，一个人不慌不忙专心享用起来。

当天晚上，他俩大吵一场，崔樱把婚纱照都撕了。她真的后悔，她怎么嫁给张小申。"现在我看清了，你游手好闲、虚荣、自私，什么都做不好，中看不中用。"她哭着骂他。

张小申脸色铁青，精致的五官都变形了，他给了她一记耳光："我最恨别人说我中看不中用。"

崔樱从没想过张小申会动手打她，当时就呆掉了，她的反抗相当激烈，扑上去对着张小申又咬又撕，把张小申白净的脸抓出一道血痕。这还不够，她伸着脖子叫张小申再打："你打啊打啊，打老婆的男人最没出息，我最不要看！"

张小申不敢下手了，讪讪退下。崔樱越想越委屈，等着张小申来道歉，张小申却拿起手机玩起了游戏。他可以一动不动窝在沙发里玩一个通宵，不吃不喝，也不跟人说句话。如果一直这样僵持下去，吃亏的仍然是崔樱。她实在待不住，便把包一拎，要回娘家去。但到了这一步，张小申又不让她走了，他站起来，扔掉手机，跑过来拉住崔樱。两人一番推推搡搡，到底张小申力气大，闹到最后，总归是崔樱精疲力竭，败下阵来，不得不留在家里过夜。

半夜崔樱醒来，发现张小申没在床上。她大吃一惊，张小申不让她走，难道他自己先走了？阳台那边有灯光，崔樱下了床，悄悄走过去，看见张小申赤着脚，低着头蹲在地砖上，手拿一卷胶带纸，把她撕成碎片的婚纱照粘贴起来。那是他俩站在江边的十九层楼前照的，这是这座大城市 20 世纪 30 年代的标志性建筑。为了与背景相协调，摄影师做了些艺术处理，整个婚纱照系列充满怀旧的气息，有一种古典气质。她的白婚纱配张小申的白西装白西裤，两人都是一身白，飘逸潇洒，真正一对人间仙侣。

崔樱心里一痛，眼泪又下来了，她怔怔地站着，觉得眼前的这个男人多么可恨，又多么可怜。张小申也看见了她，他不假思索地站起来，抱住了崔樱。

她在他怀里瑟瑟发抖，他把她放到床上，不管不顾脱她的睡衣，她抗拒着，刚才那记耳光的羞辱还留在身上，她的身体不可能有欲望。但他很固执，抱她，抚摸她，不停在她耳边说着话："对不起，原谅我。对不起，原谅我。"她的心软了，身子也软下来，慢慢向他打开。

然而他还是弄疼了她，他极其投入，动作粗暴。她推了他一把，说："你轻点。"他"嗯"了一声，显然听懂了她的话，但他并没停下，埋着头，有一股狠劲。她疼得叫了出来，他朝她看了一眼。奇怪的是，他的眼眶里竟然盈满了泪水。

打这以后，他俩从吵架到和好似乎形成了一种模式，先是言语上相互的讥刺、咒骂，而后伤心落泪，彼此便有了些推推搡搡的动作。主要是她在自我折磨，抓自己的头发，拿脑袋撞墙，文静的她爆发起来不顾一切。眼看越闹越激烈，几乎无可挽回，最后却总能在一场做爱后重归于好。

崔樱不是没想过，她常常在事后对自己的软弱感到羞愧，对两人的争吵也生出虚无之感。多无聊啊，这就是她的爱情和婚姻吗？

重　塑

　　丁零零——闹钟响了，跟设定的时间一秒不差。张小申听到铃声，无论在干什么，必须马上放下，迅速打开手机，与崔樱视频。

　　"书看完了吗？"崔樱在视频里问他。

　　"看完了。"张小申回答。他要把书举起来，通过视频让崔樱看到书页里划线的部分——崔樱给张小申每天的阅读规定了章节。

　　丁零零——闹钟又响了，也跟设定的时间一秒不差。张小申听到铃声，无论在干什么，必须马上放下，迅速打开手机，与崔樱视频。

　　这一次是关于网上的英语课程。"上课没开小差吧？"崔樱在视频里笑着问他。

　　"当然没有，我是个好学生嘛。"张小申也笑嘻嘻地回答。

　　"别嬉皮笑脸的，严肃点，我要检查了。"崔樱把脸一端。

"是，崔老师。"

不知不觉间，崔樱成了张小申的崔老师，她要求他学习很多东西。崔樱为此专门制作了张小申的作息时间表，设置每一门功课的闹钟提醒。虽然她在单位上班，张小申在家学习，但她仍可通过视频对张小申的学习予以监督与提醒。

丁零零——等到闹钟再一次响起，则是背诵英语单词的时段了，张小申像个规规矩矩的小学生，来到崔樱的视频前，结结巴巴背诵英语单词。使张小申忍俊不禁的是，通常这时候，崔樱怕被办公室的同事看见，会躲到女厕所里跟他视频。但张小申不能笑出来，否则，崔樱会发火的。

崔樱所做的这一切，都围绕着如何提升张小申的文化修养展开。张小申学历太低了，找一份好工作相当困难，更别说做出点出人头地的事业。然而，男人没事业怎么行？崔樱在婚前没想这么多，婚后一年多的生活，她认识到张小申在这方面吃了大亏，张小申站不起来，她也跟着吃苦头。再这样下去他们肯定完了，崔樱不甘心完蛋，她必须采取措施改变张小申，提升他，把他塑造成一个成功的男人。张小申这么聪明，只要他肯学习，肯下苦功，不是没有可能的。

　　崔樱是认真的，一旦下了决心，她立刻严格执行。她会记下张小申每天在家的学习表现，用 1 到 5 分来打分。奖惩措施当然是配套的，张小申得了一个 5 分，可以一起到外面吃饭，两个 5 分，加一场电影。反之，3 分属于合格，但一切奖励取消。2 分情况就严重了，需要惩罚。张小申不怕别的惩罚，洗碗扫地擦窗他都愿意，最怕崔樱不许他碰她。偏偏他最怕什么崔樱就罚什么。果然，2 分的惩罚措施出台，做爱那就别想了，崔樱的不许他碰她，是指两人睡一张床都不行。崔樱说："谁知道你半夜会不会不老实。"这倒是实话，张小申睡着睡着手脚不老实是常有的事，崔樱的惩罚措施对症下药，打到了七寸。当夜张小申只得去睡沙发。如果得了 1 分，那就更不用说了，连着三个晚上的沙发独眠，就像光棍汉。

　　张小申面对如此详尽的惩罚措施，提出严重抗议。他说他最讨厌女人拿自己的身体来惩罚男人，崔樱是学哲学的，应该最了解人性。人性是什么？人性就是食与色。这是《孟子》里面说的，食色，性也。而孟子何许人也？他就是崔樱常挂在嘴边的哲学大师。

　　崔樱当场把张小申的不懂装懂打了回去，崔樱说："你这是哪儿对哪儿啊？你说的这句话，'食色，性也'，不是孟子说的，是告子跟孟子辩论时说的。"

"好，好，我不跟你争这个。"张小申马上讨饶说，"我承认你懂，你读书多，你一个学哲学的，比我思想高级。但我还是要说，你一个学哲学的人，不去学习古人的话，告子怎么说也是古代名人吧？他说的是实话，要尊重人的本性嘛，你偏偏向小市民、庸俗妇女看齐，拿女人的身体当条件，这不是自降身份吗？"

张小申说得理直气壮，逻辑严密，有理有据。崔樱被他这一说，也觉得自己过分了，但她并没因此放弃，她对张小申说："我这是为你好，也为咱俩好，爱情可以很浪漫，婚姻一定是最现实的。这跟学哲学或者学别的什么都没关系。"

"按你的说法，你学的那一套都没用了？"张小申继续争辩说。

"也不是没用，那需要更高的境界。"崔樱说。

"什么意思，你觉得我们现在都境界不够吗？"张小申追根究底，不肯罢休。

"学哲学，研究哲学，甚至谈论哲学，那是要有物质基础的。张小申，你知道吗？西方的那些大哲学家，都是生活无忧的人，他们要不继承了一大笔遗产，要不就有大财主资助，反正不必为柴米油盐操心，这样他们才能形而上啊。"

　　说这番话之前，他俩刚吵过架，崔樱要张小申保证，以后绝不碰游戏。她说张小申一打游戏，人就变傻了，根本不知道时间的存在，所有的学习计划都等于零。张小申一发狠，当面把手机摔了，下决心按着崔樱制定的学习计划重塑人生。然而，崔樱制定的规章制度如此不近情理，伤了他的自尊。

　　崔樱当然也有感觉，为了挽回一点张小申的面子，崔樱有空就陪张小申一起读书。张小申学他的课程，崔樱读她的哲学书。她是要告诉张小申，其实她不是庸俗妇女，她的内心永远有一块精神高地。萨特的皇皇巨著《存在与虚无》，就是这段时间读完的。虽然她是哲学系毕业的，但是这本厚厚的极其难啃的原著，她始终读得断断续续，没想到居然在陪伴张小申的过程中读完了它。

　　她喜欢萨特，起因于萨特的一句名言："他人就是地狱。"她觉得这句话很震撼，还有萨特说的人的自由选择。除此之外，最吸引她的是萨特与波伏娃的关系，活到他们那种男女爱情的境界，人真是自由了。

　　读完了《存在与虚无》，崔樱接着读海德格尔。她喜欢海德格尔引述的荷尔德林的诗句："人，诗意地安居。"读着读着，她忍不住想，她与张小申，为何不能诗意地安居呢？

　　对张小申而言，实际上他也有类似的疑问，只不过他不是用如此哲学的句子来表达。有一次，按着闹钟的提醒，张小申打开手机与崔樱视频，他突然叹了一口气，问崔樱说："我们为什么要活得这么累？"

　　崔樱说："你这也叫累？"

　　张小申说："我现在明白了，为什么古人喜欢归隐……"

　　崔樱赶紧打断他："古人是古人，我们活在现代，不光是你，别人也都这么累。"

　　张小申说："我不想做别人，我只想做我自己。"

　　崔樱说："张小申，你是男人，你是丈夫，这就是所谓你自己的本质属性。"崔樱一急，用上了哲学术语。

　　每逢说到哲学和哲学术语，张小申唯有举手投降了。他在这方面不是崔樱的对手，实际上他一本哲学书也没读过。若把他逼急了，他偶尔也会拿几句佛经来对付，那是他在云水寺出家时胡乱听来的。

　　佛经虽然高深，崔樱并不怎么买账。她一直记得张小申托阿胖送给她的一卷小楷手抄《心经》，后来证实根本不是张小申写的。张小申的字写得不算蹩脚，却也绝对称不上漂亮，跟书法艺术更是风马牛不相及。

　　这事让崔樱记了很久，张小申当时为了讨好她，居然拿不知哪个和尚抄的《心经》当礼物送她，世上有这样谈恋爱的吗？"色即是空，空即是色"？崔樱都差点笑死了。
不过，张小申好歹想起了他送《心经》的缘由，是云水寺
的住持教他的，老和尚说，这是慈悲。

无论是诗意地安居，还是慈悲，崔樱和张小申越想抓
住的，却离他们越来越远。每天在闹钟声里度日的张小申
常常紧张得手忙脚乱，同时又无聊到每过一分钟都受尽了
煎熬。崔樱也一样，她害怕张小申失败，思想里充满形而
上的哲学意境，一回到现实，却几乎天天要与张小申吵架。

正是这段时间，张小申买了一缸热带鱼来养。别人买
的热带鱼都是比较大型的银龙鱼、神仙鱼、七星刀鱼之类，
张小申的热带鱼小得可怜。虽然五花八门，其共同特征是：
这些头发丝一样细的小热带鱼都会发光，像它们的名字，
都带一个"灯"字，比如红绿灯、宝莲灯、小丑灯鱼等等。
张小申还买了水晶鱼，身体都是透明的，鱼的骨骼和内脏
看得一清二楚。张小申常常一动不动盯着这些鱼看，看它
们闪光的身体，清晰的骨骼与内脏，似乎那是一个令人神
往的隐秘世界，有着无穷的魅力与不可言说的奥妙。

崔樱不反对张小申养热带鱼，她吃惊的是这些鱼如此
之小，有时候她要找老半天，才能把它们从水藻丛里找出
来。张小申倒很有耐心，定时给它们喂食，搞清洁卫生，
每天数鱼的数目。这些鱼太小了，而且老在游动，忽东忽

西，时而成群结队，时而又作鸟兽散，数起来非常麻烦。张小申表现出十足的耐心，乐此不疲，数了一遍又一遍，直到把数目数对了为止。

有一天，崔樱看见张小申专心致志地数鱼，闹钟响了好几次都没听见。她突然担心起来，心里冒出个不祥的念头，这样下去，张小申可别得了忧郁症。

崔樱从父母家抱了一只猫回来，想给张小申做伴。她觉得猫比较通人性，可以跟人亲密接触，可以彼此交流，至少比隔着玻璃缸的热带鱼要强多了。但是，崔樱万万没料到，张小申一看到猫脸色就变了，他不光不愿意抱抱它，连碰也不要碰它一下，好像崔樱抱回来的是一头怪物。

崔樱觉得好生奇怪，张小申那么喜欢热带鱼，也应该喜欢各种小动物，实际上差之毫厘，谬之千里。张小申说，他第一讨厌猴子，长得跟人一样却不是人，他看到猴子做出人的表情就会起鸡皮疙瘩。第二讨厌跟猫狗接触，毛茸茸的，有人一样的体温，却是个异类，他的汗毛也会竖起来的。

张小申说得非常认真。无奈，崔樱只得把猫送回父母家。她当时没细想这件事，后来有一次她又跟张小申吵架，为了她父亲的生日。她才有点明白过来，张小申是开始拒绝她和她的家人了。

那天刚巧单位临时加班，崔樱委托张小申去买送她父亲的生日礼物。张小申在电话里显得犹犹豫豫，说自己不知买什么好。这也是实话，生日礼物确实不好买。崔樱就说："你到百货公司看看，我爸喜欢的东西多了去了。"

张小申马上回答说："可是你爸啥都不缺。"

"你别管缺不缺，反正拣爸喜欢的买就对了。"崔樱的意思很明白了，她父亲喜欢的随便买一样，反正老爷子不戒烟酒，营养品天天吃，选择余地大得很，关键是这东西要看上去值钱，贵重，这才表明孝心。

偏偏张小申不理这茬，只想买便宜一点的，他说："老爷子哪会在乎我们买什么，我觉得意思意思就可以了。"

崔樱听了也没当真，张小申历来是这种吊儿郎当的脾气，事到临头，张小申无论如何总会去办好的。

等她回到家，要跟张小申一道去饭店为父亲庆生，才知道张小申根本没出门去买礼物，他从柜子里找出条没拆封的领带，放在崔樱面前，说："就这个吧。"

崔樱都蒙了："这是什么？"

"领带啊，男人嘛，一百条领带也不算多。"

这领带也不是张小申以前买的，是崔樱单位发的。她单位替一家领带厂做广告，这家厂送了他们一人一条领带，据说是出口产品，实际上跟义乌小商品市场的地摊货差不多。

崔樱真给气疯了，转身冲出去，打的直奔百货公司，买了只进口名牌包包送她父亲。这一折腾，两人参加生日宴会便迟到了，弄得崔樱父母很不高兴。崔樱勉强忍到结束，两人回到家，崔樱积压的愤怒火山一样地爆发。她把一年多的婚姻带来的伤痛，归结于对张小申的失望、不满与憎恶。"你不是人，张小申，你连一点感情都没有。"崔樱指指张小申，又指指那只养热带鱼的鱼缸，"你自己看看，你就跟你养的这缸小鱼一样，都是冷血动物！"

张小申被这几句话震到了，他顺着崔樱的指头，目光死死停留在鱼缸上。鱼缸里的小热带鱼游得正欢，红绿灯、宝莲灯亮晶晶的，发出荧光，水晶鱼全身透明，骨骼和内脏清晰可见。张小申慢慢把手伸进鱼缸，水冷冰冰的，有鱼游过他的手指，也是冷冰冰的。别看它们会发光，但它们没有体温，跟水一样冰冷。

他也不喜欢接触到鱼的身体，滑黏，冷漠，腥气，他的热爱建立在隔着距离观赏，这样他比较自在，比较惬意。不知谁说过，爱是一种距离。或者反过来说，距离产生了爱。

张小申轻轻搅动水波，鱼缸太小了，水满溢出来，有几条鱼惊慌失措，胡乱游开。他张开手指，把它们抓进掌心。他也不知道自己要干什么，为什么这样做，等他恍然回过神来，有几条小鱼已跳出他手掌，落到摆放玻璃鱼缸的桌子上。

多小的鱼儿啊！难怪崔樱要说它们像头发丝，但构成生命的器件一样也不缺，它们离了水，仍然蹦跳得十分有力。尤其那条水晶鱼，全身儿近透明，因此看不到肌肉，它的骨骼像弹簧一样，曲起又绷直。什么叫垂死挣扎？这就是垂死挣扎啊！

张小申突然对这些小鱼儿产生了不知哪来的仇恨。冷血动物，你们都是冷血动物！崔樱居然把他跟这些可怜的小东西混为一谈。

张小申掏出打火机，点燃蜡烛。他们家有好多蜡烛，都是在宜家买的。崔樱喜欢洗好澡后点上蜡烛，上床，聊天，做爱。摇曳的烛光是她和张小申之间最甜蜜的记忆，可惜他们现在已经很少点蜡烛了。

崔樱不知什么时候走了，她是赌气出去散一会儿步，还是回娘家去了？张小申没去多想，他把蜡烛端起来，端到那几条小鱼上方，微微倾斜了一下，滚烫的蜡烛油滴下来，滴到那几条还在蹦跶的小鱼身上。小鱼儿被烫疼了，蹦跶得更厉害，看上去也更像垂死挣扎。但随即，又一滴蜡烛油滴下，把它们活活埋在里面，它们有的颤抖，有的摇头摆尾，最终都停止了跳动，完全被蜡烛油包裹住了。水汪汪的透明的蜡烛油很快凝固，变成了半透明，最后凝结成一大坨白色的硬邦邦的固体。

第二天，崔樱打扫房间，看到放鱼缸的桌子上有一堆白色蜡烛油，她拿抹布擦了擦，没擦下来，这堆蜡烛油粘在桌面上，还挺坚固。崔樱拿指甲去刮，刮下一小块，却给吓了一跳。蜡烛油里露出一条小热带鱼儿。她不认识这些鱼的名字，只知道张小申把它们当作宝贝。

现在，张小申的这些宝贝小鱼儿都被埋葬于一堆蜡烛油里了。看得出来，它们是活着的时候被蜡烛油凝固住的，保持着蹦跶的、挣扎的姿势，给崔樱以栩栩如生之感。

崔樱的手抖了一抖，把剩下的蜡烛油刮开，这次露出的是条透明的小鱼，骨骼清晰，恍如远古时代的鱼化石，完整地呈现出死亡气息。崔樱身上一阵发冷，好像有莫名的恐惧爬上她后背，令她毛骨悚然。

死 猫

　　崔樱好几天没去上班，她单位领导打电话来催，每次都被张小申掐了。领导觉得崔樱态度恶劣，发了条微信过来，问她还想不想上班。在此之前，崔樱跟张小申提过，他们广告公司效益不好，领导正物色人选，想叫哪个倒霉蛋滚蛋。既然如此，何不干脆趁机帮崔樱把工作辞了，一了百了，免得这位更年期领导纠缠个没完。

　　如此一想，张小申就替崔樱回了几句话，意思是不想再干下去了。领导没料到崔樱真会辞职，以为她跳槽了，警告她不许把客户拉走。崔樱在单位里算得上资深，又是业务骨干，积有许多人脉。张小申看了很生气，什么叫以小人之心度君子之腹，这就是。他当场顶了一句："你以为这世上就你这一行最吃香啊？谁稀罕！"

　　"那你去干什么？"

　　"为什么要干什么？不干可以吗？"

　　领导显然大吃一惊："崔樱，你的意思是想辞职在家？"

张小申要故意刺刺领导："累了，歇几天。"

领导却一下子认真了，她对崔樱还是挺关心的："那你可要考虑清楚了，崔樱，没工作你们吃什么呀？"

这句话大大激怒了张小申，看样子认识他们的人都以为张小申是白吃崔樱的，他真成了个吃软饭的人了。"吃我老公的，"张小申气愤地回过去一句，"我老公自己创办了一家公司，风投都进来了，明年准备上市。"

"真的啊？怎么之前没听你说起过？"

"现在告诉你也不迟啊。"张小申觉得狠狠出了口恶气。

"崔樱，那你要做大老板娘了，恭喜啊，以后有什么业务，关照一声呵。"领导的态度特别好。

张小申发过去一张笑脸，心里却骂了句："傻逼！"

本以为很棘手的一件事儿，就这么轻而易举解决了，张小申又侥幸起来，说不定这场戏一直可以演下去。现在信息发达了，你会觉得一个人无处躲藏，谁都能够找到你，但同时，大家对太多的信息也都麻木了，习以为常了，谁会在乎这信息背后的真伪呢？所以他可以让一个虚拟的崔樱活这么久。每天出现在朋友圈，等于出现在这个世界，手机才是这个世界的真实，连她父母、同事都没察觉。

不过，现实世界的危险有时候错综复杂，有许多出乎你意料之外，且是不可理喻的，比如眼下弥漫在楼道里的臭味。张小申几乎天天闻到，这事肯定跟他无关，却给他带来严重不安。楼下的老王已来找过他，老王把门敲得山响，弄得他心惊胆战，他趴在门缝后面看了好一会儿，确认不是警察才把门打开。

老王推开他径直往房间里面闯，一边嗅着鼻子，一边东张西望，说："是不是你家的抽水马桶堵了？"

真是岂有此理！我住你楼上，假若要堵抽水马桶，也得你家先堵上啊，怎么倒过来上我这儿找碴来了？看样子是善者不来，来者不善。这老王一定心怀鬼胎，他有什么疑点叫这老家伙盯上了吗？张小申又紧张起来，话还没出口，老王皱了皱眉头，突然打了个喷嚏，说："你家怎么这么冷啊？"

老王的目光看向阳台，阳台的门是锁上的，老王还是准确感知到了寒冷的源头。张小申真怕老王会奔过去，打开阳台的门，便赶紧上前一步，挡住老王，说："没有啊？噢，对了，我刚刚试了试冷空调。"

"有没有搞错？天还冷着呢，我家都开热空调。"

"哦，空调保养，我每年都……都要保养。"

老王倒没起疑心，探头探脑看了看卫生间，突然又问："小崔呢？怎么好多天没见她啊？"

"她回娘家了。"张小申随口扯了个谎。

"年轻人嘛，吵个架是正常的，回娘家不好。"老王摇头说。想来他与崔樱的争吵动静不小，老王隔着一层楼板也听见了。张小申一阵惶恐。老王走到门口，突然站住，看着张小申，神秘兮兮地说："这一回，我看八成是出了人命啦。"

冷不丁地，张小申再次被吓一跳："什么人命？"

"没出人命，这臭气哪来的？"老王说，"前年我们斜对面那栋楼，一个孤老太死了，一个礼拜后才发现，门一开，整条弄堂都是臭的。"

老王唠唠叨叨地走了。张小申合上门，靠在门背后，只觉得浑身发软。这个老王，平常从没来过他家，根本就是莫名其妙。张小申松了口气，但随即神经又绷紧了，一口气憋在胸口，隐隐生疼。是啊，这太莫名其妙了，这背后会不会另有什么名堂？要是没名堂，老王为何会问起崔樱？为何特别留意阳台？天哪，他是不是真的已经被怀疑上了？老王只不过来试探试探他而已。

张小申失魂落魄的，还没回过神来，门再次被敲响，也是砰砰砰的，震天动地。张小申以为又是老王，不由怒从胆边生，冲着响个不停的门大吼一声："你他妈的有完没完？"

敲门声停止了，门外响起一个女人的声音："小申，你骂谁啊？我是表姐。"

张小申一听这声音，乖乖把门打开，请表姐进来："对不起，姐，我不知道是你。"

这是个肥胖的身体，像圆滚滚的水桶，看不出女人的曲线，她在门口一站，把整扇门的光线都挡了，屋里一下子暗下来。张小申的心也跟着一下子暗下来。表姐来找他，绝不会有好事情的。

表姐笑眯眯的，反客为主，给他搬了把椅子，叫他坐下。表姐说："小申啊，你也不谢我，表姐给你带好消息来了。"

表姐的好消息是，他住的这栋房子要拆迁了。他可以分到一大笔钱，或者一套新房。这实在太好了，对这样的好消息，他应该从椅子上跳起来才对。但接下来表姐又说："小申啊，这套房子是有两个户口的，到时候你可别把你表姐给甩了啊。"

张小申心里七上八下的，装出若无其事的样子说："表姐你这说的什么话，哪能呢？八字都没一撇吧？"

"你这小赤佬，我就知道你最会耍滑头。"表姐站起来，声色俱厉，说，"你别忘了，这房了是我爸的，当初我们家可怜你，给你在城里落个脚，你倒好，鸠占鹊巢，想独吞啊？"

　　说起这房子里的曲折故事，张小申是知道一点的。他十岁那年被父母送回老家大城市，寄养在姨妈家，户口也落在姨妈家。姨妈本来是不愿接受他的，后来终于答应，是因为张小申父母每月给的生活费比较高，姨妈不光不会贴钱，还可以赚一点。最重要的是，姨妈家当时没厨房，跟两户人家共用一个煤气灶，烧饭烧菜也要排队，非常不便。姨妈想着自己搭一间厨房，但又没钱。这时候张小申父母提出搭厨房的钱由他们出，姨妈自然高兴。张小申父母除了帮姨妈家搭了间厨房，连带着整个厨房的装修也全包了，这里面花的钱比搭厨房还多。张小申父母唯恐不够，又给姨妈家扩出一间小卧室，专给张小申居住。如果除去张小申的这间房，姨妈家等于一分钱不花，白白多出个全装修的厨房，真是赚大了。张小申父母为此花光了积蓄，以后他们给张小申寄生活费，都要问同事借贷。

　　张小申在姨妈家也就住了六年，六年后他去读汽车修理学校，住到集体宿舍，每月难得回来一次。姨妈家拆迁，张小申父母出钱搭的一间小卧房、一间厨房都算作面积，分到一套两房两厅的大房子。张小申父母觉得这两间他们出钱搭的房子应该归张小申，这样的话，张小申在新房里有差不多一半的面积。但张小申姨妈坚决不同意，她早早做了准备，把自己一家三口的户口迁进新房，张小申的户口留在老房子。后来张小申父母和张小申姨妈打官司，张小申姨妈理亏，把她公公婆婆留下的一间老工房给了张小申，张小申的户口也落到这间老工房里。不过，这间老工房里还保留着另一个人的户口，张小申姨父，他一直不肯迁走，张小申父母也拿他没办法。

没想到现在突然要拆迁了，这户口像一颗定时炸弹，马上就有爆炸的危险。

张小申不想跟表姐争执，他有点怕这位表姐。表姐更加盛气凌人，对张小申说："我来是要通知你一声，等拆迁工作启动了，我跟你一块去趟动迁组办公室，把要求跟他们提一提。"

表姐比张小申大五岁，张小申回老家读小学三年级，表姐读初二，他们上的是同一所学校，只是分别在小学部和初中部上课。广播体操、课余活动、体育锻炼，他们偶尔会在校园里碰见。表姐规定，不许张小申在学校里叫她表姐，两人碰到了，也要装作不认识。在家里，表姐喊张小申"小黑"，张小申皮肤白皙，五官轮廓分明，看上去有点像外国人，被表姐这一叫，小黑小黑的，反倒显出他的与众不同。这与众不同就是：他是从黑龙江来的，他身上的一切都带着黑龙江的印记。比如张小申喜欢吃大蒜，表姐就说他身上有大蒜气。张小申起床后不叠被子，上厕所不锁门，上完厕所后经常忘了冲水，弄得厕所臭气熏天，这些都是黑龙江农场里带来的习惯。虽然张小申从小跟父母学说老家方言，说得相当地道，表姐也能在一两个词语里听出黑龙江的味道，拿来开他玩笑。

张小申的自信心一开始就给表姐灭了，他也觉得自己是个异类，很难融入本地人的圈子。在学校里他同样受排挤，大城市的教育质量高，课程也比黑龙江难，他的功课跟不上，老师觉得他拖后腿，要他留级。他不敢告诉远在黑龙江的父母，也不敢让姨妈和表姐知道，就选择了逃学，他的游戏瘾儿就是那时染上的。

一到网吧，人与人变得像虚拟世界里一样，既彼此关联，又相互隔绝。张小申喜欢这个世界，可以一个人沉浸其中，做英雄做狗熊都不会有人嘲笑，打死了还能重来。

到了期末，他的考试一塌糊涂，老师来找他姨妈，知道他父母远在黑龙江，也只能叹口气，知难而退。老师说黑龙江知青的小孩回大城市就读普遍存在这个问题，家里没人管，成绩差，很容易学坏。下一学期，老师对他听之任之。他初中毕业后没升入高中，被父母硬逼着去读汽车修理学校，也是父母最终认命的结果。

其实姨妈家的生活条件也比较困难，姨妈的纺织厂倒

闭了，她提前下岗，一家人全靠姨父一个人的工资。姨父
不过是普通工人，收入还抵不上张小申母亲，所以有时姨
妈会向张小申抱怨说，你妈有啥好不满的，她日子过得比
我还惬意。张小申在姨妈家听得最多的，就是大城市里的
日子有多不易。这倒是实话，姨妈对买任何东西都精打细
算，有时为了买便宜货，她会跑到某个商店门口，排好几
个钟头的长队。

　　姨妈家最难熬的还不是日子的窘迫，是他跟表姐的相
处。表姐也是个不爱读书，老逃学的坏学生，对他特别霸
道。她讨厌张小申住在她家，觉得占了她的地盘。其实张
小申能占的地方也就一张地铺而已，还是在饭桌底下。他
夜里做完功课，从柜子里抱出被子，往饭桌底下一铺，钻
进去就睡。饭桌是他的房子也是他的帐篷，倒也给他一种
安全感，他很快适应了。表姐养的小花猫羡慕他的窝，会
偷偷溜过来挨在他边上。表姐发现了，一脚把花猫踢走，
骂它"小贱货"，因为那只花猫是母的。

　　表姐还特别讨厌张小申长得比她白，两人坐一起做作
业，表姐看着他白白嫩嫩的胳膊，会把自己的胳膊伸出来
跟他比画，非说他是个女的。"难怪你这么娘娘腔，"表姐
说，"原来你做了变性手术啊！"那时电视节目里有个很
红的明星是个变性人，把自己从男人变成女人，引来万众

瞩目。表姐看到就笑:"你以后会不会变成她这样子啊?哈哈。"

夏天是用电高峰,他们这栋老楼电线老化,经常跳闸。有一夜特别闷热,姨妈姨父跑到百货大楼乘凉去了,那儿有免费的空调,城里人叫"孵冷气",可以节省家里的电费。他和表姐在家写作业,突然又停电了,表姐找来蜡烛点上,他凑在烛光下继续做试题,表姐突发奇想,叫他把胳膊伸出来。他依言而行,表姐举起蜡烛,把蜡烛油一滴一滴滴到他胳膊上。蜡烛油滚烫滚烫,疼得他直哆嗦,想缩回胳膊,表姐不让。表姐说:"你不是长得白吗?我叫你变成真正的白人啊!你得谢我才对。"

蜡烛油冷却,凝结成白乎乎的一层硬壳,真的比白人都白,似乎把他变成了另一种生物。

诸如此类的恶作剧每天都有,大约表姐刚进入发育期,她胖胖的脑袋里充满各种各样叛逆的念头,急于要在他身上尝试,付诸行动。他就像表姐青春期的试验品,享受特殊待遇。

表姐开始跟社会上的小流氓瞎混,抽烟、喝酒、骂脏话。在家里也是无法无天,只要姨妈姨父不在,她就去偷姨父的烟抽。有一次姨父突然回家,闻到房间里的烟味,大光其火,骂表姐不学好。表姐死不承认,拿张小申来遮掩，赌咒发誓说，她亲眼看见是张小申抽烟。姨父检查自己的抽屉，发现少了好几包烟，气得抽了张小申两记耳光，说没想到家里养了个小贼。

表姐还逼张小申去偷她父母的钱，张小申不肯，表姐也学她父亲的样抽张小申耳光。张小申拼命反抗，怎么也打不过大他五岁人高马大的表姐。表姐把他推倒在地，骑在他身上，对着他拳打脚踢。这是张小申最耻辱的经历，他让一个女孩任意欺辱，毫无还手之力。

张小申哭了，表姐见他泪流满面，乐得哈哈大笑："还哭鼻子呢，我就觉得你不像个男孩。"

张小申被逼着学会了偷钱，表姐倒挺大方，他每次从姨妈或姨父的口袋里偷到钱，表姐都分给他一点。他坚决不要，表姐非给他不可。"咱俩是同谋犯，有福同享，嘻嘻。"表姐快乐地凑近他，有点得意扬扬，嘴巴里的气息都喷到他脸上，麻酥酥的，让他既紧张又惧怕。

偷钱的事终于暴露。这一次，姨父不光是抽两记耳光就算了，他抓起棍子狠揍张小申。表姐装出事不关己的样子，连正眼都没瞧他这个同谋犯一眼，随后溜之大吉。他咬牙忍着，突然间对表姐恨之入骨。

张小申决定报仇。他用烟头把表姐的一件新衣服烫了个洞，但表姐发现后并没怀疑他，还以为是自己抽烟不小心烫的，当然也没声张。这个计划失败后，张小申莫名其妙迷上了用火去烧表姐的东西。他烧过她的作业本、书包、围巾、皮夹，甚至把她的皮鞋烧了个洞。最疯狂的一次，他把点燃的香烟放进表姐的衣柜，准备把她的漂亮衣服烧个精光。不料表姐突然回家了，还带了个男朋友，表姐和她男朋友两个人关在小房间里卿卿我我，把张小申吓得够呛。他害怕火要是真着起来，烧死了表姐和她男朋友，那他就是纵火犯了，非抓起来枪毙不可。张小申越想越恐慌，眼前出现了幻觉，红通通的大火烧透整个房间，把表姐和她男朋友烧成了木炭。终于，他忍耐不住，跑到厨房拎了桶水，一脚踹开房门，不管三七二十一，将水哗啦一声全泼出去。水没泼到大衣柜，都泼到了床上，躺在床上光溜溜搂在一起的表姐和她男朋友淋了个落汤鸡。

事后他才知道，他放进衣柜的香烟根本没着起来，如果他不冲进去，什么事也不会发生。让他这一搅和，表姐与她男朋友的好事给搅黄了。表姐的男朋友居然认为张小申跟她表姐有一腿，他看到表姐与男朋友上床，妒火中烧，冲进来泼他们一桶冷水。表姐的男朋友把愤怒都撒在表姐身上，骂她是烂货，踢了她好几脚，然后扬长而去。

表姐对张小申的举动百思不得其解，她没像往常那样冲他发作，反而拉住他的手问他："你这是怎么啦？你不会真像我男朋友说的是吃醋了吧？"

他茫然不知如何回答，脸却因为慌乱而涨得通红。

表姐认真打量他，突然像想起什么似的，扭身跑进房间，从大柜子里抱出他的被子，掀开。那一年他十六岁，马上要去汽修学校读书，身体已经发育，被单里画满他梦遗的图案，被表姐逮了个正着。

"这是什么？"表姐把被子高高举起来，亮给他看，"你睡餐桌底下也会发梦啊？"

他羞愧难当，脸一会儿红一会儿白，恨不得冲上去掐死可恶的表姐。表姐哈哈大笑："瞧你，脸红什么？又白了？哈哈哈哈，你这个小黑，要死了，你敢对姑奶奶动歪脑筋啊？"

表姐当作看他的笑话，笑个不住，简直笑岔了气。笑够了，她把被子往他身上一扔，走了。走过他身边时，表姐突然伸手在他裤裆摸了一把，那意思，似乎要验证一下他是不是真的发育了。

表姐摸的这一把张小申永远记得，那是他最羞辱的时刻，他在表姐面前的最后一点自尊被彻底击毁了。那以后，他见到表姐都躲得远远的，他害怕表姐的那只手冷不丁又伸过来，当众给他难堪。这种恐惧都深入他梦里，他梦见自己还很小，刚刚上小学，表姐带他去学校。走进校门，表姐突然蹲下身，扒下他的裤子，他赤裸着下身站在校门口。风吹得他光溜溜的屁股一阵阵发冷。

他从噩梦中醒来，感觉短裤上也是冰冷的，他又梦遗了。他怎么会这样？他在梦中对表姐恨得咬牙切齿，对自己裸露的光屁股羞愧万分，可他居然还会梦遗，难道他的身体与他的思想是背道而驰的吗？为什么他心里越感到羞辱，他的身体却越兴奋？

他不得而知。他只知道这样下去他完蛋了，他必须战胜这种恐惧。但五大三粗的表姐过于强悍，他无法面对面向她挑战，最终他的报复不是落在表姐身上，而是选择了表姐的宠物，就是那只跟他很亲近的小花猫。他把小花猫扔进抽水马桶，一次次冲水。他坐在抽水马桶盖子上，听着小花猫在他的屁股底下发出喵喵的哀叫，爪子抓得马桶盖吱嘎作响，他一边流泪，一边感受着心里涌起的胆战心惊的快乐。

死去的小花猫被他藏在表姐床下，直到腐烂发臭，表姐才知道她的猫死了。表姐倒没怀疑是他干的，她完全不知所措，看着那只面目全非的死猫，突然一阵恶心。表姐跑到抽水马桶去吐了个痛快。这是张小申始料未及的，表姐用呕吐表达她对自己心爱的小花猫的哀悼。看着表姐胖胖的脸变得苍白，张小申觉得以前所有的屈辱都赚了回来。

　　表姐走后，张小申去居委会打听，果然如表姐所说，他住的这栋老工房要拆迁了。居委会的人跟他说，现在政策优惠，拆迁的补偿大大提高，叫他放心。他马上可以住新房子了。

　　崔樱倒是一直念叨要住新房子，这也是她与张小申不断争吵的内容之一。她在结婚时不计较他有没有房子，愿意跟他一块儿吃苦。结了婚，尤其发现丈夫没她期望的那样能干，她的要求反而多起来了。好像她多提一项要求，她就可以迫使她丈夫使出浑身解数多去实现一个目标。

　　从居委会回来，还没走进楼道，张小申看见街边的下水道那儿围了一群人，吵吵嚷嚷的，情绪都很激动。老王也在那儿，见到他，便大声招呼，叫他快过去看看。张小申挤进人群，看到窨井盖打开了，窨井里浮着几只死猫，散发出恶浊的臭气。原来楼道里的臭味是从这儿出来的。"也太缺德了，谁把死猫扔窨井里啊？"

　　张小申数了数，共有五只死猫，都高度腐烂了，看上去好可怕，应该是流浪猫。前些日子，他们楼道出现了好多流浪猫，有人还给它们定时喂食。这在邻居之间产生了矛盾，特别是住楼下的几户人家，他们抱怨说，野猫都造反了，门口到处是猫屎。住楼上的人家倒无所谓。反映到居委会，居委会也没什么措施，现在社会上都提倡关爱小动物，谁也不敢把这些野猫怎么样。否则，有人把这事捅出来，发到微信或者微博上，那虐猫的罪名比虐自家老人都严重，非被大家群起攻之不可。

环卫工人来了，把死猫捞起来清理掉。张小申突然意识到，还好表姐已经走了，要是她看见这一幕，会不会想起她床下的那只死猫？然后把十多年前的旧账算回到他头上。

虐猫案很快告破，作案者居然是老王。难怪他装得这么积极，到处查找臭味的源头，原来是为了掩盖他自己。这件事在整栋楼里产生了很大反响，有人提议要挨家挨户查查，老王是不是又弄死了别的小动物扔到什么地方了。大家的动静闹得很大，还来找张小申征求意见，张小申又惊又怕，天天把自己关在家里，门也不敢出。小猫算什么，他家的浴缸里，那才是惊天秘密呢！

最后把张小申从家里赶出来的，是崔樱母亲。她给崔樱的手机发来微信，说好些天没见到崔樱了，她要过来看看她。张小申这下没辙了，崔樱母亲若是见不到崔樱，一定还会去崔樱单位，那么崔樱辞职的事也暴露了。由着她这样一圈找下来，就算浴缸的秘密不暴露，崔樱失踪也会成为事实，非闹得满城风雨不可，到那时候，他也就玩完了。

张小申一筹莫展，恰在这时，那个阿玛尼女孩又来添乱，她要张小申请她看电影。张小申哪有心思，骗她说他正在忙，过两天带她去。女孩发来一条信息："我在门口，快开门。"

张小申以为女孩吓唬他，打开门一看，还真是阿玛尼女孩。

无巧不巧，阿玛尼女孩穿了件红风衣，这件风衣跟崔樱生日张小申送她的一模一样。猛然一见，张小申以为撞鬼了，有人打扮成崔樱的模样找上门来。

情 人

"快呀,这儿,给我来一张。"阿玛尼女孩站在海边,身后海天一色,蓝得透亮,有白色的鸥鸟在盘旋,景色真的很美。

张小申把手机对准女孩,左右远近各照了几张。

张小申没带女孩去看电影,他把她带到了三百多公里外的海滨小城。他与崔樱度蜜月的时候来过这里,前些天的情人节他和崔樱也是在这儿过的。可以说,这个海滨小城是他俩从喜剧开端到悲剧结束的见证地。

那他为何还要带阿玛尼女孩也来这儿呢?他自己也不知道,心里只有一个模糊的冲动:好像有什么事情没有了结,非得再来这儿看一看。

远远望去,阿玛尼女孩穿红风衣的背影真跟崔樱有几分像。他要的就是这种感觉,七八分相似也足够了,关键是营造一种先入为主的气氛,人的认知大多时候很盲目,也很盲从,他会顺着你给的方向走。

张小申一边给女孩拍照，一边忙里偷闲，用崔樱的手机发了朋友圈，穿红风衣的阿玛尼女孩的背影变成了崔樱自己，给她做证的当然是张小申。他站在同一景点的照片拍的是正面全身，严肃到有点生硬，跟景色很不搭调。但毫无疑问，谁见了这些照片都会相信，此时此刻，张小申与崔樱正在海边玩得开心呢。照片上的说明文字也延续着崔樱的文风，一如既往的撒娇："老公请我到远方看大海，说是提前给我过生日。神经啊，情人节刚来过，蜜月也是这儿度的，这地方就这么百来不厌吗？"

这段文字下面，引了几行诗句，选自海子著名的《面朝大海，春暖花开》：

从明天起，做一个幸福的人

喂马，劈柴，周游世界

从明天起，关心粮食和蔬菜

我有一所房子，面朝大海，春暖花开

看到这则微信的人，肯定都会被感动的。

果然，不到一分钟，崔樱母亲的微信过来了："你们不是刚从那儿回来吗？老去一个地方还周游世界？"

张小申回了一个字："嗯。"

"你在那儿面朝大海，猜猜我在什么地方？"

张小申的回答还是冷冰冰的："我哪知道。"

崔樱母亲做了个龇牙表情："在你家门外，敲了半天门。"

张小申也做了个龇牙表情："没事别过来，我忙。"

"那你啥时候回来？"

"四五天吧。"张小申故意多说了两天，免得崔樱母亲再找麻烦。心里确实庆幸，他来这儿来对了。他在自己的朋友圈也发了照片，当然屏蔽了阿玛尼女孩。

晚上张小申与阿玛尼女孩开了房间，也许因为不在自己家里，远离了浴缸里那个可怕的秘密，他一切正常。他从来都是出色的情人，这是跟他有过关系的几个女人对他的共同评价，除了崔樱。是不是女人成了妻子，她对男人的要求就不一样了，连床上都是如此？

一想到崔樱，莫名其妙的，张小申就如着了魔一般，怎么也赶不走她的影子。先是崔樱的两只眼睛，出现在宾馆房间的墙上，张小申一抬头就能看见。然后是崔樱的脸，她鄙夷的表情，飘浮在天花板下面，真是活灵活现。

他们度蜜月和前几天过情人节时住的两家宾馆都离这儿不远，情人节是为了纪念蜜月，而蜜月则是为了去看大海。那时候他们都很浪漫，崔樱特别崇拜海子，随身带了他的诗集，她准备一早太阳出来，站到礁石上，对着海浪大声朗读《面朝大海，春暖花开》。她对张小申说，这将是历史性时刻，从明天起，我们做一个幸福的人。

这仿佛是他俩的新婚誓言，那时读书不多，尤其很少读诗的张小申记住了海子的名字和海子的诗。他也觉得这诗不错，在海边有一所房子，谁不想啊？当然会感到幸福。

但结果他们在宾馆房间足足待了三天，一步也没出去。服务员肯定没见过他们这样度蜜月的，整天整夜赖在床上，看电视、聊天、做爱，吃饭也叫宾馆送餐进来，他们就坐在床上吃。因为好几天没打扫，他们的房间像狗窝一样，垃圾成堆，都发臭了。他们一点也没觉得，大约闻惯了，鼻子已经适应。原来，不用去面朝大海，春暖花开，他们也是幸福的人。这幸福来得太猛烈了，也太充实了，以至于他俩都不约而同地忘记了海子的诗，忘记了要去站在大海边礁石上大声朗诵，他们觉得，只要他俩在一起就够了。

那三天三夜中，彼此说得最多的是"我爱你"。只有在最后一夜，一直兴致很高的崔樱突然沮丧起来，她趴在张小申身上，问他："你会不会不爱我？"

张小申说："不会。"

崔樱很严肃地摇头："我不信。"

张小申急了，赌咒发誓："我要是不爱你了我不得好死!"

崔樱忙堵住了他的嘴:"不准你说这种倒霉话。"

张小申说:"我说的是真话。"

崔樱说:"你要是不爱我了,我不要你死,一定是我先死!"

崔樱说这话时,她的手指就戳着他的胸口,那上面文着她的名字:"这样你就忘不掉我了,我会叫你后悔一辈子的!"

张小申记得自己当时心里一惊,浑身凉飕飕的,有一种不祥之感。崔樱还真说中了,现在她死了,一切都应验了。所以她才幽灵般缠住他不放,她浮现在天花板下面的那副表情最明显不过了,她对他充满了轻蔑。

阿玛尼女孩没察觉出他的异样,但无巧不巧的,她撩起他的背心,发现了他胸口的秘密。"崔樱!"她摸了摸这个蓝幽幽的文上去的名字,"她是谁?"

真是该死!张小申一阵手忙脚乱,突然又不行了。

阿玛尼女孩一把推开他:"讨厌,我一说这女人你就完了!"

张小申说:"恶心,我胃不舒服。"

张小申说的是真的,他胃不舒服,想吐。他赤脚跳下床,奔进卫生间,对着抽水马桶,却又吐不出来,折腾了老半天，越发难受了。现在他明白了，他为什么要带阿玛尼女孩来这儿，原来在他的潜意识里，他一定要抹去一切有关崔樱的记忆。借着一个新情人，就在他与崔樱的爱情纪念地，他跟她亲热，做爱，如胶似漆，无所顾忌。倘若他成功了，那就意味着，他终于战胜了恐惧！这有点像弗洛伊德的心理医治。他不懂弗洛伊德，也没读过他的书，崔樱带他去看过一部电影，希区柯克导演的悬疑片《爱德华大夫》。崔樱向他解释说，这部电影就是根据弗洛伊德的心理学理论拍摄的。电影里的爱德华大夫，也就是冒名顶替的约翰·贝兰特，回到自己的童年梦境里，回到犯罪现场，终于打开心结，创伤得以痊愈。

他坐到马桶盖上，看着镜子中的自己，他这张脸还是那么秀气，皮肤白皙，尖尖的下巴有点像女孩子。不知为什么，他突然对这张脸充满了厌恶。他赢不了崔樱，也赢不了自己，他失败了，他不过是个没用的人。

他差点冲着镜子喊出来："你完了！完了！我恨你！"

他忍不住打了镜中这张脸一记耳光，有点疼，麻酥酥的，却让他的胃好受了。张小申于是又扇了这张脸几记耳光，恶狠狠地，好像他在惩罚身体里的某种罪孽，还有令他羞愧的歉疚与恐惧。打过之后，他的整个人舒服多了。

阿玛尼女孩在外面敲门，问他有没有好一点。他说没事，叫女孩别管他。女孩还是敲个不停，说送他去医院。他突然愤怒起来，坐在马桶盖上朝门外咆哮一声："别来烦我，你给我滚，滚！"

然后他跳起来，夺门而去，再也不管这个还在莫名其妙中已被吓傻了的女孩。

这女孩是他的第几个情人？张小申自己也记不清了。他只记得崔樱得知他有情人时的反应，跟今晚他的反应一样，恶心，呕吐，接着是一声狂吼。

崔樱的反应他能理解，她是觉得他脏，他怎么可以跟别的女人乱搞？在生理上她就接受不了，所以她恶心呕吐。可他又是怎么回事？难道也是生理上的厌恶吗？因着崔樱的死，他对女人鲜活的肉体也厌恶了，也有犯罪感了？

现在想来，婚后他还是一心要跟崔樱好好过日子的。他断绝了跟以往所有情人的联系，她们的手机号码和微信一律删除。他跟自己说，崔樱为我付出这么多，我该感恩，相亲相爱一起打拼，有一天出人头地，叫她脸上有光，一切付出的都是值得的。

他真的很努力。从剧组回到家休整自己的那段时间，他按照崔樱制定的计划学习，上网报名英语、商业贸易、金融投资等等课程，什么热门他学什么，就差没去报考

MBA 了。崔樱给他推荐的哲学书他也尝试去读，尼采的《查拉图斯特拉如是说》、萨特的《存在与虚无》、海德格尔的《人，诗意地安居》。不过他只翻了下《存在与虚无》，实在啃不下去，还给了崔樱。

崔樱倒不勉强他，他学英语、金融这些课程，崔樱有空就坐他身边陪他，读他读不下去的《存在与虚无》，还做哲学笔记。瞧她安安静静、专心致志的样子，张小申的心就焦虑起来，什么也学不进去，只是崔樱没感觉到他的异样罢了。

是的，崔樱对他的要求太高了，他累了。后来发生了热带鱼事件，崔樱把粘着小热带鱼的蜡烛油扔到他面前，骂他冷酷，变态。那一夜，崔樱失望得拿脑袋撞墙，他非常害怕，他怕他们的婚姻就此完蛋，那他的人生将万分黯淡。

他必须去找份新工作，结束眼下这种无休无止困在家里的局面。崔樱也同意，她认为张小申进步很大，完全可以把这段时间学到的东西应用起来。两人都信心满满，各自去物色适合张小申的单位。但是，一圈找下来，张小申和崔樱看得上的，人家看不上他。也有几家文化单位对张小申有兴趣，因为张小申好歹当过演员，在电视屏幕上露过脸，可人家是事业编制，有一大堆条件，要进去谈何容易，得找人帮忙通路子才行。

张小申没什么路子，能想得出来的，就是请当年剧组的人吃饭。导演和大牌明星当然不会来，来的通常是副导演或者场记之类，酒喝了好几箱，醉话没少说，最后没一个能办成事的。

眼看招人的机会稍纵即逝，崔樱急了，她必须亲自出马。但同样地，官场她也没人认识，思来想去，只有以前她父母给她介绍的对象公务员小林。小林这两年混得不错，当上了科长，有点小权力。崔樱跟小林吃了顿饭，怕张小申知道了多心，崔樱一直瞒着他，后来又出去吃了几次饭。有一次崔樱喝醉了，小林开车送她回来，被张小申撞见。张小申为这事特别生气，当场冲上去对小林说，以后不要再来纠缠崔樱了，弄得崔樱和小林都很尴尬。其实也没发生什么事，崔樱酒醒之后解释说，小林就是喜欢跟她说说话，偶尔摸一下她的手，说她的手好看。张小申将信将疑，此后规定崔樱的手机微信都要由他检查，男性同事、朋友的饭局未经他同意，一律不得参加。

张小申的做法虽然粗暴，毕竟出于对她的爱，崔樱也只得接受了。但两人之间都有点扫兴，热情没以前高了，慢慢地，找份好工作的想法冷淡下来，重新又回到现实。原来，自学这么多课程，没有门路，仍然走不通。以前错过的东西太多了，不是都补得回来的。所谓"过了这个村，没有那个店"，大概就是这意思吧。

张小申对新工作的标准大大降低，他跟崔樱说，不管什么工作，先干起来再说，反正还可以换的。崔樱也没再坚持，但她心里比张小申更失落，自己先前想要重塑张小申的愿望落空了，张小申似乎又回到了原点。

最后张小申找到的那份新工作，是阿胖介绍的，跟阿胖自己的工作差不多：房屋中介。开始张小申还有心理障碍，这跟他曾经混过的娱乐圈差太远了，一个天上，一个地下。张小申一脸的不高兴，倒像阿胖欠了他，阿胖也不多说，带他去看了看几栋别墅，张小申一看心就动了。娱乐圈里拍的豪宅多半是假的，搭的景，这儿却是真的。阿胖见他心动，笑笑说："喜欢吧？张小申，谁有你福气啊，几千万的高档别墅随便进，跟你家一样。"

跟自己家一样那是胡说，但随便进出高档别墅或顶级公寓，那倒不假。私家花园里坐坐，把卖家的房型和进口家具吹得天花乱坠，张口闭口都是千万级的生意，这对于张小申来说未尝不是桩快乐的事儿。

张小申整天西装革履，头发梳得精光油亮，出现在一群有钱人面前。他人长得漂亮干净，说话得体，颇受客户欢迎，业绩居然做得相当不错。这期间，他的另一个收获

是与好久不来往了的"三叉戟",也就是"三姐",恢复了
关系。

三姐是他的第一个女人,她像他的姐姐,也像他的教
母,教会了他许多有关女人的知识。张小申对她的情感很
复杂,他觉得他既爱这个女人又恨这个女人,而爱与恨都
源于同一样东西,就是这个女人的富有。她开奔驰车,住
豪宅,吃高档餐厅,大开了他的眼界,使得他对好东西有
一种天然的品位。但她也害了他,使得他无法再过贫穷的
低档的生活。

这时的三姐已与丈夫离婚,移民美国,她手头有一栋
别墅要出售,挂到房产中介,这一挂就挂在了张小申手上。
而且,过了两天,张小申还拿到了这栋别墅的钥匙,三姐
交代他,他可以随时带客户进去看。"别人我是不给的,小
申,你就不一样了,咱俩是啥关系啊!"三姐说着,亲昵地
拍拍他的脸,还当他是几年前那个没结婚的乖巧男孩。

张小申太喜欢这栋别墅了,法式的,古典装修风格,
配经典款式家具,又浪漫又温馨。他拿到钥匙后的头一个
念头:他要跟崔樱在这儿过一夜。他知道崔樱嫁给他是委
屈了,他很愿意弥补一下。何况,他与崔樱结婚三周年纪
念日也快到了,为何不能在这栋别墅里举办一个派对?盛
大的派对,把亲朋好友都请来,叫大家看看,尤其是叫崔

樱父母看看，他张小申也有风光的时候。

　　张小申被自己的想法感动了，那是多大的气派啊！五星级饭店专供的豪华自助餐送上门来，摆上进口红酒，点上蜡烛，布满鲜花，派对的高潮当然是一只巨大的宝塔形多层蛋糕。想一想，崔樱会有多惊喜！

　　那一天，他邀请的亲朋好友陆续到来了，大家都还蒙在鼓里，他只说有个好玩的地方，请大家过来聚聚。谁知道好玩的背后埋伏着一个盛大的庆典呢？这就是效果。不知不觉进入前奏，其实，光参观别墅已够惊艳的了。然后，盛典正式开始，他拉着崔樱的手站到大家面前，大声宣布，这是他和崔樱的结婚三周年纪念。

　　他早就料想到，大家一定先是愕然，以为是在梦中，等到反应过来，整个别墅顿时欢声四起，掌声雷动。他更能预料到这时候的崔樱会有多震撼，多感动，她肯定当场泪流满面，哭得一塌糊涂。

派　对

　　崔樱的泪水确实是这时候流下来的，张小申的预想全部实现了。崔樱泪流满面，泣不成声。她觉得这是她人生最璀璨的一幕，超过了三年前的婚礼。张小申给她的惊喜太大了，太不可思议了，大家都为她欢呼。等到巨大的宝塔形蛋糕推上来，人群的欢呼变成有节奏的口号：

　　"张小申——崔樱——"

　　"崔樱——张小申——"

　　蜡烛点起来，无数的花瓣从天而降，崔樱和张小申一起抱起香槟酒，砰一声打开，香槟喷射而出，像礼花一样升上别墅的夜空。

　　崔樱人生的礼花也升起来了，够得上光彩夺目。好些人都以为张小申发了大财，纷纷挤上来向她祝贺，他们说别人是教子有方，唯有她崔樱是教夫有方，把张小申调教成了一个成功男人，太了不起了！

　　崔樱不知该如何回答，心里有点惶惑，但毕竟感动来得更猛烈直接，她愿意享受这种美妙而陶醉的时刻。张小申凑近她耳边，问她说："开心吗？"

"开心。"

"开心就好，今晚是属于你的，尽情享用吧。"

她也完全放开了，这栋别墅是怎么回事，借的还是租的，都不重要了。重要的是张小申对她的这份爱意，他专门为她打造的欢乐之夜，有了这一夜，之前的一切辛苦都值了。

崔樱笑得很欢，端着酒杯给每个人敬酒，双眼亮晶晶的，张小申始终陪伴在侧，既像她的保护人，又像服务周到的侍从，凡是崔樱喝不下的酒，他拿过来一饮而尽。

大家都夸张小申豪爽，献给他的掌声越发热烈。从某种意义上说，主角是崔樱，亮点却是张小申，他的英俊、体贴、周到，还有他传奇般的成功。有人已经在传言，这栋奢华别墅是张小申买给崔樱的礼物，至于他哪来这么多钱，谁也没去细究。眼下这社会，一夜暴富有的是，早已不是神话了。

崔樱没听见这些议论，她沉醉在自己的幸福里不能自拔，唯一的遗憾，是她父母没来。张小申邀请过她父母，她父母以身体不舒服为由推脱了。他们私下说，张小申又出啥花头了，骗骗别人可以，骗他们是骗不倒的。在她父母眼里，张小申已跟骗子差不多了。崔樱很是伤心，知道父母与她也愈来愈生分，中间好像隔了条鸿沟。在她父母的话里，已经出现了这样尖刻的语气：

"不听父母言，吃苦在眼前，你自己等着瞧吧，别后悔都来不及！"

"到时候有你流眼泪的！"

父母的话也叫崔樱寒心，好像巴不得她和张小申过不下去，那就证实他们说对了，他们赢了。

崔樱因此憋着一口气，包括在父母面前。她和张小申好着呢，你们就别等着看笑话了。今天晚上本来是个极好的机会，叫她父母亲身经历一下，张小申为她做了什么。

派对一直闹到半夜，宾客们散去后，张小申和崔樱意犹未尽，两人在巨大的卧室跳起了双人舞。立体声音响的音效棒极了，进口实木拼花地板好像是专为跳舞打造的，弹性恰到好处。崔樱和张小申顺着舞曲一首首跳下去，从三步到两步，节奏舒缓下来，他们的身体贴得更紧了，衣服一件件脱下，甩到地板上，不用怕冷，外面气温很低，卧室内装有地暖，温暖如春，两人跳得只剩下内衣，反而都出了身热汗。

崔樱发觉自己还是非常喜欢张小申的长相的，喜欢他白净精致的五官，喜欢他挺拔健美的身材，那些文身也很刺激她。张小申的胸口文着她的名字，当他在她身上动作时，这个蓝幽幽的名字好像活起来一样，跳着舞蹈，令她目眩神迷。无论气氛、环境，还是情绪，这个晚上都应该是她最激情、最放开的，但她却突然变得羞涩起来，为什么呢？她想到了这样一个问题，都是男人喜欢女人的美色，而她，居然被张小申的美色所吸引。

有时她生他的气，恨不得甩手而去，但一看到张小申俊美干净的脸，和他脸上可怜巴巴的表情，她的心就软了。他们无数次争吵，无数次和好，其实都是她心软的结果。这天晚上，不光是她的心，连她整个人都软到要化开的地步，宛如融化的糖一样黏在张小申身上。

他们都昏头昏脑的，说了一大通胡话，关于一块死的誓言，也是在这天晚上说的。

"你爱我吗？"

"爱。"

"要是你不爱我了，张小申，我就去死！"

"我也一样，崔樱，你不爱我了，我就去死！"

"那咱俩一块死吧！"

"说定了，不后悔？"

"不后悔！"

他俩在床上伸出小指头拉钩，笑嘻嘻地完成了庄严的誓言仪式。

　　这一夜睡得好沉，好像沉在深渊般的海底，漆黑，静谧。有梦如气泡似的浮起来，升上海面，让她喘出一口气，慢慢醒过来。

　　这梦很奇特，她躺在一张四柱大床上，看到一个女人走过来，站在她床边，女人的脸背着光，朦朦胧胧看不真切。但她能感觉到，这是个中年女人，胸前有一串晶亮的珍珠项链，闪着华贵的光泽。女人目不转睛地看她，奇怪得很，女人的手却伸向躺在她身边的张小申。就这样，女人面无表情地看她，手一直在抚摸张小申。女人的手胖乎乎的，不停在张小申身上动作，张小申居然朝女人露出笑容，他秀气的五官都扭曲了，不知是享受还是别的什么，他发出古怪的声音。女人手一提，把张小申整个儿提溜起来，张小申光着身子，跳到了地上，两个光身子搂抱在一处——原来，那个女人也是裸体的。

　　然后，不可思议的一幕发生了，两个裸体膨胀开来，像充气的气球，不，简直像两只巨大的飞艇，越变越大，飘浮在空中。空间受到挤压，一下子变小了，两只飞艇上下翻滚，以不可思议的超低空姿势，晃晃悠悠飞过来，差点擦到她鼻尖。她感到一阵窒息，那两个庞大的粉色飞艇已飞出卧室。

崔樱急得大叫一声，彻底醒了。眼前的场景跟梦中的一模一样，她还躺在四柱大床上，张小申已不在了，房门洞开。崔樱顾不得穿鞋，赤着脚奔出卧室，直奔到楼下。

别墅的院子亮着灯，根本就找不见那两个巨型人肉飞艇。崔樱又是一阵狂奔。拐角的路口停着一辆车，见她来了，车子开始启动，缓缓驶走，点亮的尾灯映出奔驰的三又戟标志。她站住了，车子拐了个弯，跟梦中的巨型飞艇一样朝她迎面而来。被路灯照亮的驾驶室里，坐着张小申和一个中年女人，他们都朝她笑，似乎对意外惊醒她的睡梦不无歉意。

崔樱目瞪口呆，忘记了叫喊，或者她叫了，随即又捂住了自己的嘴巴。有一种恐惧在她身上蔓延。

奔驰车悄无声息地驶走，连同车子一起消失的还有张小申。崔樱回到卧室，死命掐自己的胳膊，把胳膊掐得又青又紫。疼痛是清晰的，这绝对不是梦，她终于明白过来，眼下她经历的都是真的。

这几乎要了崔樱的命。张小申回来时，她正趴在卫生间的抽水马桶前狂吐，张小申问她怎么啦，她说恶心。张小申上去拍她的背，她突然冲他歇斯底里地大喊大叫："别碰我，脏，你脏！"

她漂亮的脸变得惨白，眼睛里有深深的恐惧，好像他是一种致命病毒，一碰到她，她就完蛋了。

"你走开，你给我滚，滚远点，别叫我看见你！"

她继续吼叫，不许他靠近，她的生理反应是如此强烈，他眼睁睁地看到她吐得翻江倒海，把苦胆都吐出来了。

这还没完，她恨过了他，又恨她自己，坐在卫生间地上拔自己的头发，一拔一大把，带着血，然后号啕痛哭。

张小申说："你别这样，你有话好说。"

崔樱把拔下来的头发摔在他脸上："那你说啊，你老老实实说啊，你不说我还拔！"

这情形太恐怖了，张小申不得不说出他与三姐的情史。他声明他早跟她断了，不知为何她今晚会突然出现。

"哼，她是来告诉你，你是她的。这个老女人，她以为拿一栋别墅的钥匙就把你给买了。"

张小申还想争辩："不是的，她不是这种女人。"

"一栋别墅的钥匙啊，张小申，你就这么贱吗？"崔樱恨得咬牙切齿，又拔自己的头发，拔下一大绺来。

张小申扑过去抱住她，想叫她安静："能不能好好说话，你们女人为什么动不动都要死要活的啊？"

"好啊，张小申，你是见多了女人了，一个个在你面前都要死要活的，我跟她们一个样儿。"崔樱跳起来，咬张小申的胳膊，把张小申咬得血淋淋的，终于挣开了，又跑到厨房，打开煤气，要把这栋别墅烧了。她说得出做得出，扯下一片窗帘点着了火，厨房里浓烟滚滚。张小申吓得恨不得跪下来，房间的警报响了。还好这栋别墅装有报警装置，小区物业及时赶到，制止了一场悲剧的发生。

崔樱一见到物业管理人员，整个人马上安静下来，她像从梦游里出来一般，恢复了理智，仿佛什么也没发生。她回到房间，穿戴好自己的衣服，然后一个人打的离开。

张小申怕崔樱去寻短见，在她后面紧追不舍，实际上崔樱哪儿也没去，连娘家也没回，她回到了他俩的家。

她不吵不闹，穿着衣服上床，鞋子也不脱，一个人昏天黑地地昏睡，睡得像死过去一样。张小申不敢离开，畏畏缩缩守在崔樱床边，他深知崔樱的沉默绝对比吵闹可怕得多，后果也更难以预料。

融　化

张小申一个晚上连做了三场噩梦。

第一个噩梦，他看见自己半夜起来，走到阳台，把崔樱从浴缸里捞出来，装进袋子。他背起袋子出门，在街上行走。走着走着，他走到一个地方，放下袋子，拿起铁锹挖坑，原来他还随身带着工具。他把坑挖得很大，正要把崔樱埋进去，红绿灯突然亮了，他居然站在路口，四周车水马龙，有无数的行人朝他拥过来，把他和崔樱围在当中。

第二个梦里他依然把崔樱装在袋子里，绑在自行车后座，袋子过于庞大，他骑不上去，就一直推着车，推到了江边。这下四处无人，他一阵窃喜，赶忙去卸袋子。很奇怪，袋子突然变沉了，他抱也抱不动。袋子里源源不断地流出冰水。怎么会有这么多水？难道崔樱冻久了，已经冻成了冰？他发现他来的路上，也滴满了冰水，弯弯曲曲的，好像一幅路线图。看样子他把崔樱弄到哪儿都不行，冰水已经暴露了他的行踪。他忽然泄了气，抱着袋子瘫在地上，袋子里的水一涌而出，里面竟是空的。没错，崔樱真的变成冰化掉了。但她不是化作一摊，她是化作点点滴滴，滴满了城市的道路。

第三个梦最可怕，他装扮成清洁工，把崔樱塞进垃圾桶，运到城郊的一个大垃圾场。他把垃圾堆在崔樱身上，完全掩埋了她。这里差不多是个中转站，每天会有垃圾车过来，装上垃圾，运往更远的填埋场。他亲眼看到垃圾车开进来，又开出去。他想这下办妥了，但等他回到家，刚掏出钥匙，门忽然自己开了，他看见崔樱站在门里面，对着他怪笑，她的头发上，挂满了乱七八糟的垃圾……

每次梦醒，张小申都是一身冷汗。他更害怕，阿玛尼女孩会不会听到他的梦呓，已经对他产生了怀疑？原来，跟她同床共枕的是个杀人犯！

这使得他分外紧张，小心翼翼去试探阿玛尼女孩，女孩却一头雾水，她说自己晚上睡得很好，哪管他做不做梦啊！谢天谢地，这女孩智商不高，光喜欢玩，对他颠三倒四的盘问也没在意。

但他还是害怕，夜里不敢跟女孩同睡一张床。等女孩睡熟后，他悄悄爬到沙发上去睡，用被子蒙住自己的脸，努力不使梦呓泄露出来。饶是如此，他还是露了马脚。两天之后，女孩对他的态度改变了。她开始抱怨他，猜忌他，接着就发生了一件事，当时他正陪女孩逛街，一辆警车经过，他拉起女孩就跑，并且莫名其妙地躲进了厕所。女孩相当吃惊，问他是不是犯了什么事？他顺口扯谎，说自己拉肚子了，好不容易把女孩应付过去。女孩将信将疑，她再不聪明，也能看出张小申的惶恐不安，像得了神经过敏症。

是时候了，他不能再跟女孩待下去了，过于小心也会露马脚的。当天下午，趁着女孩上卫生间，张小申像个贼似的，偷偷收拾起行李，偷偷打开房门，蹑手蹑脚地溜走，直奔火车站。

他在火车上给阿玛尼女孩发信息，说自己有急事回去了。他以为必定等来女孩一顿臭骂，或者追上来跟他闹个没完。搁在以前，这种事在他与情人之间是常有的，没有一个女人会轻易放过抛弃她的男人。但他错了，阿玛尼女孩很平静地给他回了两个字，多一个字都没有："再见。"

这让他又有点失落，大约阿玛尼女孩也烦他了，根本不想找他麻烦。好在这几天的宾馆房费他都付了，阿玛尼女孩没他在旁边乐得自在，说不定玩得更痛快些呢。

家里静悄悄的，门窗紧锁，看上去安然无恙。他朝阳台走去，忽然一阵心跳。他有预感，可能要出事了。开锁，打开阳台门，他先深呼吸，放松自己，然后搬开浴缸上的泡沫箱，掀开毛毯，嗡的一声，他的脑袋炸了。浴缸里哪还有冰？全都融化了，变成了水——崔樱漂浮在水面上，睡衣松开，露出惨白的肉体。

水里泡久了，崔樱的身躯足足膨胀了一倍，变成十分臃肿的一个女人，简直塞满了整个浴缸。脑袋也变大了，脸像一只南瓜，形状可怖。至于崔樱的面目，张小申后来一想起来就万分后悔，他真不该去看的，也就这一眼，这短短的一瞥，成为他日后永久的梦魇。

我的天哪，怎么会这样？张小申扑通一声跪了下来。脑袋里嗡嗡的响声消失了，代之以一个冷酷的像宣判一样的声音，是他自己的诘问：你完了，再也逃不掉了！难道这不就是老天爷对你的惩罚吗？！

他跑开了，跑回房间，浑身难受，觉得自己身上都是死亡的味道。刚才他碰到了浴缸里流出来的水，黏稠稠的，仿佛崔樱也随之黏附到他身上。他去卫生间洗了洗手，忙不迭打电话订购冰块，制冰厂说送货要晚一点，他克制不住在电话里大吵，咒骂他们的服务态度，扬言要去投诉。对方以为是个存心找碴的神经病，啪嗒搁了电话。他赶紧又打过去，这一回，他再也不敢大声说话了，求爷爷告奶奶的，都恨不得给对方磕几个响头。

冰块终于送到，他重新把崔樱埋进浴缸冰冻起来。做完这一切，他松了口气，整个人瘫倒在浴缸边。他真该感谢这些冰块，它们帮他掩埋了罪证。否则，像他这样的杀人犯还能至今逍遥法外吗？恐怕早就人赃俱获，关到看守所去了。

但是，且慢，这些冰块真的帮到他了吗？不是吧？它们只不过起到保存作用，保存了他的罪证，却没让它消失。对了，用另外一个词更为合适：保鲜！冰块把他的罪证活生生保鲜下来，如同保存在冰箱里的鱼和肉一样。

他太傻也太糟糕了！居然想出这种自欺欺人的法子来，费钱费力，却不过是给自己的罪证提供长久存在的机会。直到事情败露的那一天，他都将与之相伴，如影随形。或者说严重点，是如蛆附骨一般。

后面这个成语，是张小申读武侠小说读到的，一种异常恐怖的场景。他打了个寒战，看看自己身上，想象爬满白色小蛆虫的感觉，顿时起了层鸡皮疙瘩。

张小申懊恼至极，抓起一把冰块，用力砸到地上，冰块硬邦邦的，从地砖上弹跳开来，像玻璃一样碎裂了。张小申又抓起来砸了一把，冰的碎碴如同刀片，寒刃逼人，令张小申不敢直视。他却有一种渴望，他把冰碴捧起来直接按到脸上，一阵彻骨的冰凉。这还不够，他使劲揉搓了几下，冰碴割破了他的脸，冰水与血水混合着流下来，又痛又麻，却是异常刺激。

张小申觉得自己清醒了许多，他打开电脑，上网搜索，键入"毁尸灭迹的最佳方法"，屏幕里跳出一大堆标题。他先打开一个帖子，因为标题下面的简介一下子抓住了他："送你们一个最佳毁尸灭迹的方法"。这人说得煞有介事。张小申一路看下去，看了半天，却发现这个所谓的最佳方法是要到野外去处理的，"野外一个没有人的地方"，说得便当，张小申都想骂过去了，要是真有这种地方，他还会来网上找吗？

接下来他读到另一段文字，看上去倒挺靠谱的，类似于武侠小说里的"化骨粉"："你要是真的感兴趣我就告诉你个秘方"。关子卖得与前一篇帖子差不多，但也实在真假难辨："最好能买到砒霜，要是没有的话，火碱加水银5∶1的比例，买一条3斤左右的鲤鱼去鳞，去肠，洗净后把1两5钱的砒霜或同等重量的调和物均匀抹在鱼肚里面，用针线把鱼肚缝好，头朝上挂在阴凉通风处，快则15天，慢则25天左右，鱼体表面生出一层白色发灰的粉末，其他颜色都说明失败了，把粉末刮下，记住不要直接接触皮肤。这是传统的'化骨粉'制作，欢迎交流。"

天底下还真有这种神奇的"化骨粉"吗？若是真有，那为什么不先把鱼化了？张小申越看越疑惑，但人家偏偏拿他自己来说事了："我用过自己制作的化骨粉，一只死猫剥了皮，撒上它，3 到 5 天就只剩少量骨头了……慎用啊！"看到最后"慎用啊"三个字，张小申哭笑不得。这家伙大概也就想开个玩笑，逗逗人而已，他居然差点上当了。

张小申合上电脑，很是沮丧，他又一次失败了。原以为人死了一了百了，其实不是的，死去的崔樱给他的麻烦绝不比活着的崔樱少。

这一天的危险还在后头。下午张小申外出买东西，路过一家中药店，他停住了。以前他从没留意到这条街上还有中药店，这个发现很让他意外。他的脑海里马上浮现出网上搜索到的一些词语：砒霜、盐酸、水银……它们是化学品还是药物？他不太清楚，按理跟中药也没多大关系，但他模糊的印象里，不知哪部电视剧，写古代宫斗的，有这样一个场景，一个丫鬟进中药店买砒霜，说是去毒耗子，其实是去毒死人的。

中药店的整面墙壁布满抽屉，那里面装着各种药材，散发出特有的中药味，张小申探头探脑地打量那些抽屉，每个抽屉都贴有药名：熟地、甘草、金钱草、决明子、胖大海、柴胡、川贝、天麻……张小申认识这些字，却不认识这些药，他对中药没什么接触，基本上是一窍不通。一个店员见他茫然四顾的样子，走过来问他要抓什么药。他赶紧说："没什么，我就看看，看看……"

店员倒挺热情，说："我们店里有坐堂医生的，你要不进来坐坐？"

店员把他当病人了，他有点不高兴，本不想理这店员，但嘴上生硬地蹦出来一句话："有砒霜吗？"

他这话把店员吓一跳，以为自己没听清："你说什么？"

"我问你有没有砒霜？"他重复了一遍，加强了语气，听上去像吵架一样。

店员马上警觉起来："你买砒霜做什么？"

"不做什么，就问问。"

"砒霜不是随便买的，要证明，"店员伸出手来，"派出所的证明，你有吗？"

这一下，是他自己给吓着了，狼狈地转身而出。"不卖就不卖，这么凶干吗？"他嘴里嚷嚷着，其实是落荒而逃，头也不敢回，好像店员会追出来，拉他去派出所。

当然这纯属有惊无险，店员哪会知道他真杀过人。张小申冷静下来后，意识到是自己出了问题。明明是好奇想进店瞧一瞧，他怎么会张口就蹦出"砒霜"两个字？难道他连自己的心理活动都控制不住了吗？如此下去，他还能藏得住什么秘密？到时候别人还不知道，他自己先把自己给卖了。

张小申越想越后悔，都恨不得折回去，跟店员解释一下他其实并不需要砒霜，不过随口开个玩笑罢了，请他别多心。

见鬼，他用得着这么紧张吗？是不是都快得精神病了？张小申松开捏得太紧的拳头，手心里全是冷汗。风一吹，背脊冰凉，也全是冷汗。

还是回家比较安全。张小申哪儿也不去了，转身往回走。到了家门口，刚刚掏出钥匙，突然一声断喝："张小申！"

这一声喝真把张小申的魂都吓掉了，来的不是别人，是崔樱母亲。这个世界上，张小申最怕见到的人就是她了，而且还在家门口。

"樱樱呢？她怎么不在？"崔樱母亲问。

张小申结结巴巴的："她……她在啊。"

"在家啊？我刚才喊半天她为啥都不应一声啊？快开门。"

张小申手里拿着钥匙，却如被施了定身法一般，僵立在那儿一动不敢动。

"张小申，开门啊！"崔樱母亲催他。

"等等，妈，崔樱她……"也是急中生智，张小申想到了海滨城市，他不是发过朋友圈，刚刚又去玩过吗？"她还没回来呢。"

崔樱母亲愣了一愣："那你怎么回来了？"

"我们，我们两个……唉，妈你是知道的……"

"又吵架了？"崔樱母亲叹了口气，拉下脸来教训起张小申，"我跟你说了多少遍，叫你让着点樱樱。她嫁你图什么？你还给她气受。啊呀，真气死我了！"

张小申唯唯诺诺的，第一次在崔樱母亲的训斥前诚惶诚恐。崔樱母亲倒也没料到他态度这么好，越发觉得女儿受委屈："我们家崔樱，真作孽啊！"

这时候，不开门也不行了。张小申僵直着手将钥匙往锁孔里捅，脑子里闪过一个念头：要是钥匙断了就好了！

一闪念间，他手上使劲，用力一扭，砰一声，钥匙没断，门开了。

张小申手脚发冷，感觉自己落进了冰窖，眼前一片绝望的黑暗，他完了！崔樱母亲抢先一步，哐当推开门，闯了进去。

"你们家也够乱的，被子不叠，大白天窗帘也不拉开。"崔樱母亲在昏暗的房间转了一圈，抱怨道。

"你……你来干什么？"张小申这时才想起，他还没问崔樱母亲干吗找上门来呢。

"我来找我女儿，她都不见人影多少天了！"崔樱母亲气汹汹地拉开窗帘，让阳台上的光线透进来。可阳台上的窗帘也是拉上的，光线仍然十分阴暗。"啊呀，搞什么名堂？黑咕隆咚的。"崔樱母亲再次气愤地嚷嚷。

这会儿，她跟她女儿仅一窗之隔，站在房间里看得见阳台上的浴缸。如果她稍加留意，她会发现，浴缸上盖着毯子，堆满了泡沫箱。这可不是她爱干净、爱泡澡的宝贝女儿的习惯。

张小申手上的冷汗又出来了，汗毛也竖起来。他悄悄挪到厨房，那儿有一把菜刀，他摸到了菜刀冰冷的锋刃……难道他还要再杀一个人？

"过两天就是樱樱的生日了，你们商量过没有，准备怎么过？"崔樱母亲抓着阳台门的把手，却突然转开了话题。

"还没……"张小申的思路尚未转回，他抓起菜刀，藏在身后。

"我听说你新工作又不做了，一个大男人，总不能叫老婆养你吧？"崔樱母亲厌恶地看他一眼，正想扭开门把手去阳台，她的手机响了。

这几乎就是救命的手机铃声，崔樱母亲站住了，抓着门把的手收回来，伸进口袋，掏出了手机。

电话是崔樱父亲打来的，家里来了亲戚，叫崔樱母亲赶紧回去。崔樱母亲一边答应，一边往外走，把刚才要做的事全忘了。当然，对她来说，也没什么特别重要的事是必须做的。每次来，她的任务差不多都是抱怨一番张小申的不是，然后带着一肚皮气回去。

幸亏他与崔樱的争吵，包括他有别的女人，他们之间闹离婚，崔樱都没告诉她母亲，否则，今天绝不会是这种局面。崔樱为何替他在她父母面前隐瞒他的劣迹？他自己也觉得奇怪，但理由不难解释，正如崔樱母亲评价她女儿所说的："我们家崔樱就是太要面子了，她一辈子吃这个亏会吃到死的。"

走到门口，崔樱母亲站住了，她对仍站在厨房的张小申提醒说："我再说一遍，这次樱樱的生日可不能马虎，别的你们俩准备，蛋糕我来订。"

等到崔樱母亲走下楼梯，门还没关上，张小申听见哐的一声，他手里的菜刀掉在了地上。

哲　学

张小申彻夜难眠，躺下又起来，眼睛也不能合，一合上崔樱就来捣乱，她一会儿面目狰狞，一会儿又可怜巴巴，问他说："张小申，你难道杀我还不够吗？还想杀我母亲，你是不是杀人魔王一个啊？"

张小申当然不相信有鬼魂，一切都是他心里害怕的结果，所谓"日有所思，夜有所梦"，他被恐惧缠住了。为此，他大着胆子又去阳台检查了一遍，阳台很安静，浴缸也没任何异样，他搬去泡沫箱，揭掉毯子，亲手挖开冰块，崔樱好好地躺在冰块下面。事实证明，他用不着多想。

但吊诡的是，即便他这样亲眼见过，亲自证实崔樱不会从浴缸里爬出来，他一旦离开浴缸，后背还是会感觉到阴森森的，好像有一股冷风吹来，汗毛冷不丁竖起来。这完全不由他的理智控制，而且，他也说服不了自己。

没办法，他只好把房间的灯又都打亮了，人也索性不睡了。"大不了我陪你！"他这样想，搬了把椅子，坐到阳台，坐到浴缸边上，他像是对自己，也像是对崔樱说，"这下你该安静了吧？"

真的都安静下来了。

其实要叫崔樱安静不是件容易的事。他俩没结婚的时候，他觉得她是个安静的女孩，但结婚以后，他才明白，没有一个女人是安静的。

这样说，他知道对崔樱相当不公，站在崔樱的立场，一定是他的原因，他把她变成了一个不再安静的女人。

当然，他俩也有过一段时间，现在回想起来，仍是美好的。他学习各种课程，崔樱坐在旁边陪他，手拿一本哲学书，显得特别安宁。现实的许多烦恼被形而上的哲思所取代，就好像某种安慰剂，至少对崔樱是十分有效的。

那么，为什么他这会儿不能再给崔樱找一本哲学书呢？反正睡不着，他也可以给她读上几段。

张小申从书架上找出一本，像砖头那么厚的书，书名是《存在与虚无》。这本书他不陌生，他第一次请崔樱吃饭，崔樱没来，他给她发信息，问她干吗不来，崔樱回他说，在家看书。她当时看的正是这本《存在与虚无》。

张小申翻到开头部分，读了一段：

一、现象的观念。近代思想把存在物还原为

一系列显露存在物的显象，这是一个很大的进步。
这样做的目的是为消除某些使哲学家们陷入困境
的二元论，并且用现象的一元论来取代它们。这
种尝试成功了吗？

这些话是什么意思？他理解不了，太无趣了，崔樱为
何读得津津有味？是不是他离崔樱一直非常遥远？他俩是
两股道上跑的车，根本就走不到一块？张小申很是茫然，
心里又有点不甘。他翻到中间，书页里夹着一张纸，上面
有崔樱的笔迹，应该是她读书时随手摘抄下来的，像一句
句格言：

　　人的生命是无意义的，但寻找生命的意义却
是有意义的。

这是什么话？听上去好绕啊。不过，仔细想想，似乎
也有点道理。

　　人是自己行动的结果，此外什么都不是。

他的行动是杀了崔樱，那么，他这个人的结果就是杀

人犯？

> 人有选择的权利，人通过选择获得自己的
本质。

这句话的意思看上去也差不多。

还有下面这两句，他以前倒听崔樱说起过：

> 他人就是地狱。
>
> 人生越是荒唐，死亡越是难以承受。

够了，他不想读下去了，原来哲学这么冷冰冰，这么可怕，像刀一样。张小申合上《存在与虚无》，放回到书架。一本书掉下来，是海德格尔的《人，诗意地安居》，这个书名倒还不错。张小申捡起来，翻到其中一页：

> 我为什么住在乡下？
>
> 南黑森林一个开阔山谷的陡峭斜坡上，有一间滑雪小屋，海拔一千一百五十米。小屋仅六米宽，七米长。低矮的屋顶覆盖着三个房间：厨房兼起居室，卧室和书房。整个狭长的谷底和对面

同样陡峭的山坡上，疏疏落落地点缀着农舍，再往上是草地和牧场，一直延伸到林子，那里古老的杉树茂密参天。这一切之上，是夏日明净的天空。两只苍鹰在这片灿烂的晴空里盘旋，舒缓、自在。

……

张小申把这一段读了出来，读着读着，他的眼眶湿润了。他想起来了，崔樱也给他读过这一段，那是张小申从剧组回来不久，还没找到工作，崔樱有一天突然跟他说："张小申，大不了咱们去过这种日子吧！"张小申问她过什么日子，崔樱就拿出这本书来，读了这一段。

现在，他们不可能有这种日子了。如果崔樱不死，他们真会住到乡下，真会诗意地安居吗？他也不敢相信。崔樱是梦想过这种生活的，可她实际上也跟这种生活相去甚远。或者说，这其实也不过是崔樱的 个梦而已。

他俩去过一个村子，本来纯粹是旅游。这几年民宿红火，张小申发现这个村子的民宿做得特别好，房子由一位著名建筑设计师设计，学的是安藤忠雄的风格，造型现代，装修的情调又很古典，价格也不贵。他跟崔樱随便提了一下，崔樱兴致很高，两人趁着假期，到村子来度假。来的时候，崔樱带上了海德格尔的这本书，这使得这次游玩又带上了某种精神探索的意味。

村子在山谷里面，溪水环绕，有茂林修竹，像极了世外桃源，农家乐的家常菜也相当不错。第一天他俩都兴奋得很，在山里玩到很晚。第二天，该逛的景色都逛了，他俩基本上待在房间看电视，晚上还是看电视。山村虽美，时间久了，生活显出单调无聊。张小申开始打游戏，倒也不觉得寂寞；崔樱看书，她已把《人，诗意地安居》看了一遍，便又看第二遍。

人，诗意地安居，不像我们想的那么简单，回到农村，过宁静的世外桃源的生活，海德格尔说的诗意地安居要深刻得多。崔樱对张小申说，海德格尔思考的是人的本质，任何哲学都是思考人的本质。

"那人的本质是什么呢？"张小申问她。

崔樱没正面回答他，她拿起书来，念了一段书里的话：

　　安居，置于和平中，就是说，处于和平中，处于自由中。自由在其本质上保护一切。安居的根本特征是这种保护，它遍于安居的整个领域。当我们沉思到人就在于他的安居，就在于他待在大地上的安居，安居的领域就已经向我们揭示自身了。

张小申听得云里雾里，晃晃手机："说的什么呀？人的本质就是安居，那我们都在家里好了。"

崔樱生气了："张小申，你的本质就是打游戏。"

"打游戏有什么不好啊？它使人快乐。"张小申说。

"游戏是虚拟的，张小申，你的快乐也是虚拟的。"崔樱说。

"不对，"张小申说，"游戏是虚拟的，我的快乐是真实的。"

两人越说越不开心，崔樱不想说下去了，她说："张小申，我们来这儿是来玩的，不是来打游戏的，走吧，我们出去逛逛。"

其实要逛的地方早逛过了，两人便往村子里面走。村子里面没造新房子，相当破旧，不过倒保持了原先的风貌，朴实自然。有几个老人坐在门口晒太阳，一个中年妇女在路边摆摊卖梨。村子附近的山区产梨，个儿不大，模样丑陋，但水分很足，甜得像蜜糖，故有"蜜糖梨"之称，本地村民从山里贩过来卖给游客。

崔樱喜欢这种土生土长的蜜糖梨，说是绿色产品，价也没还，问中年妇女买了三四斤，拎着回来。半路上，崔樱想吃，见每个梨都贴了商标，笑说现在的村民也有品牌意识了。张小申眼尖，见商标揭开的地方有块疤，是烂掉的一个小孔，便开玩笑说："你别高兴得太早，他们的商标说不定是专门保护弄虚作假的呢。"

崔樱不信，拿起一只梨，揭开商标，真的也是一个烂疤。她非常不解，一只梨并没多少钱，干吗要费这样的周折来以次充好呢？还做得如此专业？"真是的，何苦啊？"她说。

"哈，绿色环保，著名品牌，就是骗你这种人呵。"张小申笑话她说。

"这也太过分了，我都没跟她还价呢。"崔樱耿耿于怀的并不是烂梨本身，而是卖梨的人。

张小申站住了，从崔樱手里拎过那一袋梨，说："就是，我去跟她还。"

张小申拎着那袋梨回去找卖梨妇女，他说："你凭啥把烂梨卖给我？"

卖梨妇女说："我没卖烂梨。"

张小申揭开商标，问卖梨妇女说："烂没烂？"

卖梨妇女瞪着梨子上的烂疤，面不改色说："好好的，这是贴商标的印子嘛。"

张小申举起那只烂梨，狠狠砸到地上，烂梨这下真的砸烂了。"我去你的印子！"

张小申又拿起一只梨，揭开商标，露出烂疤，问卖梨妇女："烂没烂？"

卖梨妇女仍然面不改色，说："这是商标贴的。"

张小申又把梨狠狠砸在地上："我去你的商标！"

砸了一只又一只，张小申把袋子里的梨砸光了，却没收手的意思，他再去砸卖梨妇女摊子上的梨。这下，卖梨妇女的脸色变了："大哥，你别砸我的梨。"

"我没砸你的梨，你卖的是好梨，我砸烂梨。"张小申砸得越发起劲。

卖梨妇女眼睁睁看着自己的梨被砸得稀巴烂，心疼得都快哭了，她赶紧掏出一沓钱，塞给张小申："这是你刚才买梨的钱，我还你了，大哥，高抬贵手。"

张小申拿了钱，扬眉吐气，他对站在一旁看得目瞪口呆的崔樱说："对付这种人，就得用这种办法。"

虽然拿回了钱，出了口气，崔樱回到房间后却是情绪低落，懒懒的，不想说话也不想动，连再读《人，诗意地安居》的兴致也一落千丈。第二天两人早早退房走了。后来崔樱回忆这件事，曾经说过，那个卖梨妇女确实不怎么样，而张小申更让她败兴。

张小申把书放回去，哲学好像不能解决崔樱的问题，也不能解决他张小申的问题。相反，哲学把问题复杂化了，多了很多的烦恼。比如，崔樱曾经跟他解释，什么叫哲学？崔樱说，有一天我们如果想到了我们从哪里来？我们往哪里去？我们是谁？这就是哲学了。而有那个思想的人，他也就是哲学家了。

其实，他是想过这些问题的，不是人从哪里来往哪里去，他想的问题是，我为什么杀了崔樱？我爱她吗？还是恨她？为什么爱和恨是同时存在的？还有，人有灵魂吗？如果没有，为什么已经死了的崔樱却好像没死一样？整日整夜黏着他，缠着他不放？他想得脑袋都疼了，仍然什么答案也没有。

时间仿佛停顿下来，夜晚长到没有尽头。谁能理解，他活着已是煎熬？他已完全清楚自己的处境了，不管他是不是被抓住，实际上他是逃不掉的，不光是崔樱牢牢抓住了他，他的记忆，他所处的环境，交往的人，所读的书，也都会从方方面面抓住他，审判他，定他的罪。

为什么会这样？这是他之前未曾想到过的。就像刻在身上的一个记号，你必须擦掉它，而事实是，你对这个记号已无能为力。

这令他想起他留在崔樱身上的记号，自从崔樱发现他与别的女人的关系，这个原本爱的记号变成了罪恶和耻辱。

记　号

崔樱的做法比较极端，她到厨房抓起把菜刀，不是拿来砍杀张小申，她拿它来对付自己。

她恨极了她小腹上那三个蓝幽幽的字——张小申。她居然把这个龌龊男人当作爱情记号镌刻在身体的隐秘处，除也除不掉。这使得她一看到这几个字就恶心，一想起来就毛骨悚然。原先的爱情记号变成了耻辱，时时提醒她，他对她的背叛。她甚至觉得，她都能从这三个字里面，闻到别的女人的骚味。

她先是躲到浴缸里拼命搓洗，用各种沐浴露、洗洁精，搓洗的工具也换了无数种，毛巾不行，拿牙刷来刷，牙刷不管用，连厨房里的钢丝球都用上了。那一块皮肤给她擦得红肿不堪，布满血丝，"张小申"三个字仍顽强地占领她身上的阵地，巍然不倒。到后来不是她对这三个字开战，而是跟自己的身体过不去了。她特别憎厌那种不洁感，像一张白纸被污损了，再也无法抹去，无法还原。

　　她最后用到的法子，是从厨房拿来菜刀，用刀刃刮那几个字，刮得血淋淋的，要不是张小申看见，冲进来阻止她，她一定会拿菜刀像削水果皮一样削她的皮肉。

　　当时的场景已足够恐怖。她坐在浴缸里，一手举菜刀，一手捏住小腹上那块皮肉的皱褶，她身下的洗澡水都是红色的，就像电影里无数次出现的自杀镜头，充满血腥气。

　　虽然她做得这么决绝，但到底是割自己的肉，她手软了，效果并不理想。她不得不又一次去刺青店，请老师傅出手，把这三个字彻底除去。老师傅瞄了眼她的文身，淡淡地说："何必呢？会很疼的。"

　　她咬咬牙说："再疼我也不怕。"

　　老师傅摇头，说："你是怕你以后喜欢的男孩看到不高兴？"

　　她也摇头，说："我以后再也不会喜欢哪个男孩了。"

　　老师傅笑起来："我干这一行都几十年了，见得多了，一个人爱起来和恨起来都是一样的。"

　　"不一样，老师傅。"她说，"爱是记住，恨是忘记。"

　　从刺青店出来，她一身轻松，觉得整个人都清爽了，她特意在张小申面前撩起衣襟，告诉他说："张小申，你知道吗？我把你除名了！"

　　她的小腹光滑洁净，就像一张白纸，过去的一切都了无痕迹。

"好了，我们离婚吧，张小申。"

这是她从嘴里第一次说出离婚这个词，她经过了深思熟虑。在她看来，离婚跟上刺青店擦去文身一样，张小申从此就从她的人生中清除了："好在我们还没孩子，这事应该不难解决。"

事实远非如此简单。两天后，崔樱在上班途中突然晕倒，被人送进医院。开始还以为低血糖，医生说不是，做了一番化验检查，结果出来了，对崔樱来说，那是一个晴天霹雳：她怀孕了。

在最不该怀孕的时候，她怀孕了！

崔樱当场哭了，这个该死的张小申。她以为把他的名字从她身上擦掉，他留在她生命中的痕迹便也消失了，他们从此各分东西，各过各的，谁也不欠谁。但他居然这么阴险，紧要关头把他的种撒到她身体里面，让它扎根，悄悄生长。这才是一个抹不去的记号，这个记号一旦刻下了，就与她的血肉融为一体了，变成了他们两人共同的记号。

果然，她把这事告诉张小申时，张小申露出了一副幸灾乐祸的嘴脸，那表情似乎在嘲讽她："你不是要把我清空吗？你看，老天爷不答应啊。"

他的态度增加了她的愤怒。难道真是老天爷惩罚她吗？她仔细算了算怀孕日期，发现跟张小申与他那个三姐的交往时间是重叠的。也就是说，张小申与三姐重续旧好，在那栋豪华别墅里幽会的时候，同时也跟她尽夫妻的义务，甚至可能在一夜之间，他跟两个女人都做了爱，一个妻子一个情人，真是家里红旗不倒，外面彩旗飘飘，他是不是特别得意？特别有成就感啊？

　　这使得崔樱突然又想起她和张小申的第一次见面，阿胖和芳芳说张小申跟她是《西厢记》里的张生和崔莺莺，天生的一对才子佳人，张小申却莫名其妙说到了红娘。是的，他是这么说的："张生还有红娘呢。"原本以为他只是胡乱找点谈资，现在看来，他早就有花花肠子了。一个崔莺莺不够，他还要红娘，左拥右抱，过一把妻妾成群的瘾儿。这个流氓，他是下流到骨子里去了。她当初怎么就没看出来呢？真该死啊！

　　崔樱悔恨至极，觉得自己也特别恶心，她都不敢脱了衣服看自己的身体，她的身体已经不干净了，体内一定布满了别的女人身上的病菌，从张小申身上传染过来，就像沾染了梅毒一样。一旦与梅毒联想在一起，以前看过的有关性病的图片便都一张张浮现出来，弄得崔樱汗毛直竖，恨不得马上跳进浴缸，把热水放得满满的，在里面泡上三天三夜。

　　她泡得太久了，皮肤起了皱褶，水冰冷冰冷的，她像一具没有生气的尸体，漂浮于时间尽头。也许想死的念头就是这时出现的，死了倒干净了，她自己，包括她肚子里的婴儿，她们都干净了。不知为何，她潜意识里想象的这个婴儿就是个女孩。只不过她刚刚成形，不，刚刚还混沌一团的时候，她就被她弄脏了。可怜的孩子，她比她还不幸。

　　崔樱无法原谅自己，她怀的第一个孩子竟然是如此悲惨的命运。她从浴缸里爬出来，打着冷战，没找到刀片，在化妆盒里找到一把小剪刀，她闭上眼，举着小剪刀往手腕扎去。第一次扎偏了，第二次才找准位置，很疼，疼得她不得不睁开眼睛。她看到血从手腕上冒出来，一滴一滴的，像珠子那么大，滴到她腿上，然后洇开殷红的一片。她吓了一跳，整个人软下来。我要死了，她想。身子往后仰，扑通　声，她掉回浴缸里，重新被冰水淹没。

　　一阵窒息，她的意识有点模糊了，不记得自己是在哪儿，再次睁开眼，她看见眼前血红的一片，好像掉在血海里。

　　张小申回来了，他也被眼前的一片血色惊呆。他的脑海里出现了空白，他站在那儿，茫然地问了她一句："你这是干吗？"

崔樱清醒过来，朝他吼了一声："别问我，问你自己！"

"我……我怎么啦？"

"你多脏啊！张小申，你跟我说实话，你是不是刚和那骚货上完床，你洗都没洗就……就来碰我了……"

张小申冲上去，拉住崔樱："你这傻瓜，什么洗都没洗？有这么重要吗？你命都不要啦？"

崔樱大哭："你看，你都承认了，你是没洗就来碰我了，你还说有这么重要吗，你好不要脸啊张小申！"

张小申抱紧了崔樱："别动，不是你说的这样的……"

崔樱拼命挣脱，歇斯底里地叫起来："你走开啊，别碰我，张小申，你碰我我会杀了你的！"

崔樱手腕上的血弄了张小申一身，张小申害怕了，他突然扑通一声跪下来："樱樱，我求你了，你别闹了好不好？你这样闹会闹出人命来的啊！"

张小申下跪了，哀求了，认输了，害怕了……这是崔樱始料未及的，她给震了一下，憋在胸口的一口气就泄了，任凭张小申抓住她的手，用毛巾扎住伤口，把她从浴缸里抱出来。她浑身软绵绵的，像晕血了一样，了无力气，跟刚才那种拼死的劲头判若两人。

她当然明白她其实并不想死，但闹到这份上，又好像非要死上一回不可。这样才能分出输赢，从结果看，她赢了。

当然还远远不够，与她所受的羞辱相比，张小申的下跪算得了什么，她必须叫他付出更大的代价，真正弄疼他。但是，对张小申这种人，又有什么才能真正弄疼他呢？崔樱想到了肚子里的孩子，至少有一半是属于张小申的，那好吧，我要把这一半也连根拔去。

躺在人流室冰冷的手术床上，崔樱不知道自己对肚子里即将消失的孩子是爱是恨。护士过来问了她几句，大意是她这个年龄，生孩子最合适，流掉可惜了。如今有好多年轻人想怀都怀不上呢。

护士的话不过随口说说，对她却是刻意的一剑，刺中要害。她痛彻肺腑，等护士一转身，她的眼泪就下来了。她觉得这时候的委屈，比起得知张小申有情人更为强烈，强烈到她在护士面前毫不掩饰她的眼泪，把手术床的枕头都哭湿了。护士试图中止手术，要她去把丈夫叫进来，护士说："你们要不再商量商量，说不定你丈夫也舍不得，回心转意了。"

崔樱不管不顾地叫起来："不不，他是个畜生！"

护士附和说："是是，男人都是畜生，光知道自己快活，叫女人受苦。"

　　她不需要这种安慰，以前她不是没听到过类似的话，这个逻辑背后，通常隐含着另一层相对应的意思："所以女人千万别犯贱，否则就是自作自受。"

　　"我丈夫……他死了！"她对护士说。

　　护士愕然，有点不知所措地看着她。

　　"我说的是真的，"她直起脖子，对护士说，"死人是不会后悔的。"

　　那一刻开始，她真觉得张小申在她心里死掉了。从医院出来，她没打的，自己一步一步走着回家。为什么要这样做？她不知道，她只知道有一股力量支撑着她，推动着她，非要她发泄出来。

　　刚做完手术，她实在虚弱。很疼，每走一步都有千斤重，大约没一个女人像她这样，不光孤身一人，而且还情愿自讨苦吃。她其实就是个自讨苦吃的女人，这也算惩罚吧，谁叫她有眼无珠看错了人，她活该经受这场苦痛。

　　她的脚像踩在刀片上，疼痛比刚才在手术床上还要剧烈，她倒吸了口冷气，咬着牙继续往前走。很奇怪，剧烈的疼痛里有了一丝快感，那感觉好像她童年时闹牙疼，她的蛀牙发炎了，牙床红肿，舌头一舔到蛀孔，引来一阵锥心之痛，整个人都会打冷战。但越是这样，她越忍不住冷不丁地舔一下舌头，仿佛痛也是快乐，会使她上瘾。

　　她恶狠狠地报复了自己，也报复了张小申，这下好了，都结束了。于是，走进家门前，她站了片刻，摸了摸额头上的冷汗，像是对身体里的另一个自己说："你欠的都还清了，张小申，咱俩扯平了！"

离　婚

张小申看到崔樱一瘸一拐地走进来，觉得她有些异样。她的两条腿叉得很开，像圆规一样僵直，脚尖往前踮起，重心不稳。"你这是怎么啦？"他讨好地上前问她。上次崔樱试图割腕自杀，浴缸里那满满一缸血水已把张小申震慑住了，他再也不敢在她面前争辩，唯有低声下气，他是怕真的闹出人命。

"张小申，我跟你没关系了。"崔樱说。她的身体像一张薄薄的白纸，轻飘飘的，她的脸色也像一张白纸，连嘴唇都是白色的。

张小申的目光顺着她的脸往下移动，她浅色的裤子洇出几滴血迹，再往下，她的裤脚是湿的，滴滴答答还在滴血。在她身后，留着两只血色的鞋印。张小申无论如何想象不到，崔樱刚从手术床上下来，一步一个血脚印，一直走回了家："你受伤了？怎么在出血？"

崔樱笑了，一只手按着小腹，一只手指着张小申，说：

"哈，张小申，你看到了吧？我把你的种给做掉啦！"

她确实在笑，那笑容似乎是要告诉他，她赢了。虽然他给了她奇耻大辱，但她没被击垮，她反过来打败了他。不是吗？"我把你的种给做掉啦！"这是何等的豪气啊！她赢得太痛快，太彻底了。

张小申张口结舌，背脊冷飕飕的，崔樱恨他恨到这种程度，会不会都想把他给阉了？张小申惶恐地闪到一边，好像崔樱真会拿出一把刀来，突如其来地抵住他的裤裆。

他实在多此一举，这时崔樱的身子晃了晃，腿一软，整个人站立不住，在他面前倒了下去。

崔樱是失血过多，人一倒地随即休克。幸亏张小申及时叫了120，把她送进医院，否则，她命都保不住。之前她在浴缸里割腕，血流了不少，没能及时补回来，身体已严重贫血，这次一路滴滴答答地走回家，血差不多流干了。医生说，她也就剩一把骨头一层皮肉了。

张小申把自己的血输给了她，他俩都是B型，刚好相配。医生说血库长年缺血，他们亲人之间应该首先自己来解决。他开始不肯答应，说他妻子不会同意要他的血。医生非常生气，骂他说："都要出人命了，你这人还有没有良心？啊？别说是你妻子，就是陌生人，你也该挺身而出。"

他知道医生误会了，解释说，他妻子会嫌他的血脏的。

医生根本听不懂，反而理解成另一个意思，对他说："有些人不想献血，就说自己得过艾滋病。太可笑了，我告诉你，你有没有得过艾滋病，你说了不算，我们会化验的。"

化验的结果，他的血当然相当健康，医生更为生气，跑回来拉住他，像是怕他逃走似的，说："我不管你们之间发生了什么，现在你必须把你的袖子捋起来。"

他的血就这样进入了崔樱的血管，还带着他的体温。他坐在崔樱病床前，看着她的脸慢慢恢复红润，呼吸也渐次清晰起来。她终于活过来了，他突然觉得难受，他是真的爱她的，可他的爱却把她害成了这个样子。

崔樱醒来后，他小心翼翼避开了输血的话题，崔樱还是很快知道了。那个医生看上去凶巴巴的，心地却特别好，他对崔樱说："多亏了你丈夫救了你一命，要不是他，我们血库里的血根本不够你用。"

崔樱听了这话，嘴角抽搐了一下，她的眼睛空洞洞的，茫然地瞪着天花板。等医生走后，她举起自己的双手，使劲绞着，绞得手指失血，苍白如纸，然后放开，看着手指一点点恢复血色，她的嘴角又抽搐了一下，喃喃说："这不是我的血……"

她问护工借了支手电筒，手掌按到手电筒的灯头上，手电光穿透手掌，使得手掌的中间部分变成半透明。他们小时候都玩过这把戏，好像 X 光透视，血管清晰可见。"你的血应该是脏的，"她说，"像阴沟水，像臭河浜，漂满垃圾。"但半透明的手掌里并不能看到血液流动，更看不出流动的血液是清澈的，还是污秽的。

她因此非常不安，害怕他的脏血已经融进了她的身体，把她整个儿都污染了。"为什么我啥都看不见？"

张小申看不下去，说："我有个办法，以后等你康复了，可以做透析。"

崔樱一时没反应过来，只有肾功能衰竭的人才需要透析。

"就是把血清洗一遍，消毒一遍，那样的话，你的血就干净了。"张小申认真地说。

他的话听上去不像是讽刺，崔樱默然了，好一会，她叹息一声，说："张小申，你这样一个聪明人，早知今日，何必当初啊？"

张小申说："我对不起你。"

崔樱不响了，好久又叹息一声，说："命啊，这就是我的命。"

崔樱讲这话，是不是意味着她其实还不想跟张小申一刀两断？这是张小申后来才明白过来的。但当时，张小申充满了绝望，他只知道，他和崔樱的婚姻到此为止，该了结了。

　　去民政局办理离婚手续是崔樱提出来的，她说他们最好协议离婚，好合好散，何况他们也没什么财产，房子是张小申的，她的东西值点钱的，整理起来不超过一只旅行箱，办好了手续，她旅行箱一拎就可以走人了，等于她是净身出户。

　　站在崔樱的角度想一想，其实她也挺惨的，结婚三年多，物质上什么也没得到，肉体与精神却已千疮百孔，有哪个像她这种条件的女人，落得如此下场？这也许是她一直没把要离婚的事告诉她父母的原因吧？反正张小申没听她说过，也没见崔樱父母找上门来骂他，抽他耳光。当时张小申确实挺感动的，崔樱不愧是学哲学出身，不像那些庸俗女人一碰到离婚只会胡搅蛮缠，闹个没完，最后总是两败俱伤。崔樱选择有尊严地离开，当然，事情都有另一面，在她的尊严背后，却是对张小申尊严的藐视。

　　去民政局的前一夜，崔樱写了份离婚协议，签上字，盖上手印。她叫张小申也签字盖手印。看到崔樱如此郑重其事，且在签字盖章后如释重负地把协议推到他面前，张小申心有不甘，他说："这下你如愿了。"

崔樱反唇相讥，她说："不对吧？应该是你如愿了。"

"此话怎讲？"张小申问。

崔樱说："我又没人等着我，你有你那个三姐啊，等离了婚，你就可以住别墅，睡富婆了，不是如愿了吗？"

这话也对，张小申被她说得毫无还嘴之力，一时词穷，心里却憋了一团火，我张小申就这么好作践吗？他抢过崔樱手里的纸和笔，说："我也来写一张。"

他写的是两个人的一段对话：

你爱我吗？

爱。

要是你不爱我了，张小申，我就去死！

我也一样，崔樱，你不爱我了，我就去死！

那咱俩一块死吧！

说定了，不后悔？

不后悔！

这是张小申和崔樱在大别墅举办结婚三周年纪念派对后说的，那个晚上刻骨铭心，发生了许多事，对崔樱来说，是她最幸福也最痛苦的一夜。她从欢乐的顶峰，一下子跌落到无底深渊，这中间连个过渡都没有，绚烂无比的爱情肥皂泡化为虚空，踪影全无。

但张小申的记性真不错，他居然记得一字不差。

崔樱愣在那儿："张小申，你什么意思？你还有资格说你爱我！"

"我没资格，那你呢？"

"是你先背叛我的，你不要脸！"崔樱忍不住又吼出来。

张小申却很冷静，一字一顿说："你也不爱我了，对不对？"

不等崔樱回答，张小申马上补上一句："既然如此，还离什么婚？不如死掉拉倒！"

崔樱头脑一热："这可是你说的，张小申！"

"我说的，咱俩一块死，你敢不敢？"

张小申恶狠狠地盯着崔樱，有一种同归于尽的快感。你不是认为你比我纯情、比我专一吗？那好，你来证明一下啊，你来殉情啊！

崔樱当然读懂了张小申目光里的意思，她心里说："哼，张小申，你叫我替你这个王八蛋死，我犯得着吗？"但她脸上却下不来，她说出来的是相反的意思："死就死，张小申，你敢吗？"

也许这才是她最真实的想法，她潜意识里所要弄明白的，不就是这件事吗？他张小申到底爱不爱她？真会为了她去死吗？她一下子变得亢奋了，也盯着张小申，目光如炬："张小申，你后悔还来得及。"

张小申一动不动，脸上没有表情。这太煎熬了，崔樱的心怦怦跳起来。

"我为什么要后悔，我说得到做得到。"张小申说。

"我也不后悔！"崔樱说。

"一言为定，我们拉钩。"张小申伸出手来，居然要重演当初他们立誓的那一幕，这场景太荒谬了，气氛却莫名地严肃起来。

崔樱的心抽紧了，一块死值得吗？她迟疑了一下，知道自己这会儿不能败下阵来，一咬牙，便也伸出手去。两人的小指头勾在了一起。

张小申笑起来，笑得有点邪门，却底气十足，这些天在崔樱面前的低声下气一扫而光，他也与崔樱扯平了。

张小申平静地站起，进到厨房，打开煤气，然后他回到房间，对崔樱说："弄好了，我们睡吧。"

崔樱在床上躺下，耳边听到厨房传来吱吱的煤气泄漏声，很快，她闻到了煤气味。她突然有点恍惚，她真要死了吗？

但一切都回不去了，这个可恶的张小申，他这样伤害她，竟然愿意跟她一块死。不知是感动还是害怕，她哭了起来。她压着声，小声抽泣，慢慢地意识模糊了，泪光中看到的景象也是模糊的，朦朦胧胧，有些支离破碎，却是莹亮剔透。她转过脸，想看张小申最后一眼。

张小申也在看她，侧着脸，脸上的轮廓线条堪称完美。我的天！她呻吟了一声，他长得实在太帅了，她以前百看不厌，现在也是。

一只手伸过来，擦了擦她眼眶边的泪，她的视线变清晰了。张小申叫了她一声："崔樱。"

崔樱说："我要死了……"

"不会的，"张小申说，"我们又活过来了。"

泄漏的煤气已经停止了吗？她不知道，空气里仍然弥漫着浓重的煤气味，使得她昏昏欲睡，她的意识也仍然是模糊的，感觉身体很轻，好像飘在半空。后来，有一双手抱住了她的身体，使劲把她摁到床上。

是张小申，他爬到她身上，脱掉了她的衣服，他的手在抚摸她的身体，滚烫滚烫。

"你干吗？我不要，不要。"崔樱挣扎着，喊叫起来。她竭力想回到现实。但她的身体再次违背了她的意志，反倒迎合着张小申，向上，向上，再向上。

终于，她的身体摆脱了下沉的力量，快乐地朝向天空飞起来。

碎　片

崔樱与张小申重归于好。离婚协议当场撕毁，张小申写的那张两人的对话保留下来，作为他们和好的见证。正如死里复活一般，他们的婚姻置之死地而后生了。

厨房的煤气是怎么关掉的？谁关掉的？崔樱没问，张小申也没说。在这方面，学哲学的崔樱比张小申要形而上，她宁愿相信冥冥中自有天意，一股超自然的力量介入进来，很神秘，却带给她无穷的想象。

好运已经来临，她因此觉得一切都会好起来。张小申辞掉了房屋中介的工作，转行去做保险。他依旧西装革履，头发梳得精光铮亮，神采飞扬地跟人推销保单。实际上，这份工作比之前的房屋中介更适合张小申去做。换句话说，张小申不做保险可惜了，他终于找到了最能发挥他长处的职业。

张小申身边很快聚拢起一拨女人，大多是中年妇女，经济条件都相当不错，有房有车还有时间。她们喜欢跟张小申来往，做他的客户，更喜欢跟张小申聊天，就保单的内容问这问那。张小申也乐于解答她们，他工作的大半时间不在公司，而在星巴克。他在那儿接待那些女人，找一张桌子，摊开保险合同，再要一杯咖啡，慢悠悠喝上小半天。

这是张小申喜欢的方式，随意，懒散，环境优雅，一切都是明朗的，洋派的，弥漫着令人心醉的咖啡香，工作对象看上去也赏心悦目。相形之下，拍电视剧固然风光，剧组的生活却过于清苦了。哪像现在，工作就如享受一般，工作的内容说起来还很高尚，是帮困解难，给人带来高回报的收益。

张小申在家的大部分时间，也处于工作状态。他忙着接听电话，都是那些女人打来的，询问保单的各样条款。张小申很有耐心，事无巨细，回答得清清楚楚。有时候都洗好澡了，上床了，靠在床头，张小申也会说好长一通电话。虽然最后谈成的保单并不多，金额也不高，张小申的收入比之前有所下降，但崔樱看到，张小申仍很乐意把时间花在这上面。说到开心处，张小申会哈哈大笑。他说话也幽默了，不怎么认识的女人，他同样像见到老熟人，开口就叫她姐，很随便地开一开玩笑。

崔樱反感张小申对待这些女人的态度，但她也不好太反对，张小申毕竟是在工作，他需要赚钱，需要正经职业，这也是他们和好之后，重新开始婚姻生活时定下的目标。她变得现实了，或者说，他们的婚姻变得跟大部分人一样现实了。

甚至，她对他的心态也变了。她看着他兴致勃勃煲电话，冷不丁地会浮出一个念头：要是那些家境颇好的白领中年妇女得知这个满口升值保值的体面男人，其收入每月不过数千元，大部分的衣服都是老婆买的，她们会怎么想？

这个念头多少显得恶毒，但是，没办法，它总是情不自禁地，常常从她脑袋里冒出来。她跟他说话，也常常离不开钱字，而每逢一说到钱，张小申便很知趣，也很自觉地，马上闭嘴不响了。

可能出于好奇，她悄悄去过张小申与女客户们聊业务的星巴克。这家店就在保险公司边上，张小申说得没错，他上班过去非常方便，张小申的许多同事也喜欢在那儿跟客户谈业务，他曾开玩笑地跟崔樱说，这家星巴克就是为他们保险公司开的。

从街上窥视星巴克绝非难事，大面积的落地玻璃，每块都擦得铮亮，没有一丝污垢，房间灯光通亮，无论坐在哪个位置，从外面看进去都没死角。

崔樱大老远就看到了张小申，他坐在一张小圆桌前，跟两个女人谈得正欢。那两个女人的脸看不真切，一个侧着身，有一头漂亮的大波浪鬈发，熨烫精致，不用说，女人的穿着一定也很精致；另一个背着身，短发，身材苗条，曲线分明，应该是个比较年轻的女人。张小申眉飞色舞，一会儿把脸对着大波浪，一会儿又转向苗条女，他的脑袋像拨浪鼓似的转来转去，忙得不亦乐乎。

按理说，人家这是在光天化日之下，一切看起来都很正常，没什么暧昧。偶尔张小申大概说了句笑话，逗得两个女的哈哈大笑，张小申也跟着大笑，三个人在一起前仰后合。他这哪是工作，分明是陪人玩嘛。崔樱不知怎的，就是看着不舒服，张小申在家跟她从没聊得这么开心，笑得这么开怀过。

崔樱走进了星巴克，她叫了声张小申。张小申做梦也没想到崔樱会找到这儿，加上崔樱站的位置背光，身影是黑的，他好一会没反应过来。崔樱笑笑说："哈，不认识了？"

张小申触电似的从椅子上弹起来，不过，他一点都没显出狼狈相，反而伸手挽住崔樱，相当得体地向两个女客户介绍说："我太太。"

两个女客户知趣地站起来让座，崔樱却不肯坐，她叫张小申陪她去医院。

"我胃不舒服。"她说。

张小申也知趣得很，马上说："行行，我陪你去。"

张小申挎着崔樱的胳膊走出星巴克，两个女客户被扔在店里，她们的滋味一定不好受。

崔樱到了门外，自己都没闹明白，她还要不要去医院。她只是觉得好开心，张小申虽然很有女人缘，但唯有她，随时可以叫张小申从这些女人面前离开。

情人节那天，崔樱与张小申专门去三百多公里外的海滨城市。那是他俩度蜜月的地方，后来的结婚纪念日也来过，算得上福地。这次旧地重游，其中的含意当然是蜜月重度，婚姻再续——他俩的婚姻已经死里复活了，等同于又一次新婚。一切必须重新开始。

到了海边，两人玩得还是像当年那样开心，许多场景也得以一一再现。比如站在礁石前，他们想起曾经在这里留过影，于是从手机里找出照片，按当时的样子摆 pose 再拍一张。在某一处沙滩，他俩曾经跳起来拍过照，这次也同样来一张，手机的角度放到极低，整个人像飞到海浪上，效果神奇。

把这些新旧照片搁一块儿发朋友圈，收获的点赞自然爆棚，两人的手机都快刷屏了。有无数人羡慕他们，是真的羡慕——谁能在结婚三年多之后，还兴致勃勃、甜甜蜜蜜地一起去过情人节呢？收到一束花恐怕已属相当奢侈了吧？更多的人则是连"我爱你"之类的话也懒得说了。而他俩居然专门去往蜜月之地重温旧梦，简直像童话里的故事啊！

朋友圈的赞美也反过来怂恿了他们，非要两人把旧梦追寻下去。他们一路走遍了当年所有走过的地方。最后，来到一段废弃的栈桥，他们称这个地方是断桥。因为站在这里，他们都想到了杭州西湖那个著名的景点。

张小申兴高采烈地对崔樱说："太好了，今天我们也来个断桥相会吧。"

崔樱却摇头说："算了吧，我们又不是许仙和白娘子。"

张小申却突然把手里拿着的伞打开了，撑到崔樱头上，笑嘻嘻地说："那又何妨？今天来断桥相会的可不是白娘子，而是崔莺莺，崔小姐是也……"

他一口越剧的念白，声情并茂，倒把崔樱逗乐了。崔樱扑哧一笑，调侃张小申说："那你是张生啊？"

"怎么不是了？"张小申说着，一手撑伞，一手变戏法似的掏出把折扇，啪一声打开，"小生张生是也！"

张小申也真绝了，大早春的天气，还冷飕飕的，他居然出门随身带了把折扇，好像他早就准备着要来上这一出戏似的。

崔樱又惊又喜。

张小申收起折扇，双手一拱，朝崔樱弯腰施礼："莺莺小姐，小生这厢有礼了。"

张小申做得有板有眼，不知他从哪儿学的。打从他俩认识起，朋友们都说他们是《西厢记》里的一对才子佳人，但直到这一天，张小申才有机会完成他在崔樱面前的这个角色。

崔樱一下子被打动了，以前她还觉得把她和张小申比作崔莺莺与张生有点不合适，现在她认了，他们之间的缘分，好像真的是前世就定的夫妻命，逃也逃不掉的。

趁着高兴，张小申和崔樱逛过栈桥后，又去逛了沙滩周边的景致。没人去海里游泳，沙滩上冷冷清清的，沙滩后面的商业街倒挺热闹。崔樱和张小申又去逛了商业街。这儿的商业街与一般景区不同，定位比较高档，除卖旅游纪念品外，还有一些名品店，价格当然也不菲。

张小申和崔樱一间间店逛过来，崔樱看中了一条中式连衣裙，黑色，后背绣有几朵大红的牡丹花，这显然是它的亮点，突出女人的背影——一个女人的背影如果经得起看，那她一定有好身材。恰恰，崔樱身材高挑，这种样式的裙装，仿佛就是专门为她定制的。

崔樱当时就走不动了。

卖衣服的老板娘说："美女你穿这条裙子一定出彩，我敢保证，男人见到你的背影就会爱上你的。"

张小申也喜欢这条裙子，怂恿崔樱买，他学着老板娘的腔调说："从此我要称你为背影女郎了。"

但崔樱嫌贵，犹豫再三下不了手。她在试衣间试穿了两次，脱下又穿上，穿上又脱下，最后经不住张小申和老板娘左劝右劝，一咬牙买了下来。

老板娘做了笔不小的生意，对张小申特别有好感，她把付款单递给张小申，夸他说："你太太有你这么大方的老公，真是福气。"

张小申却忙不迭地躲开了老板娘递过来的单子，半开玩笑半认真地说："是我太太大方，不是我。"

单子还是到了崔樱手上，崔樱当时就有点尴尬。她到收银台刷卡，见张小申跟在身后，到底心有不甘，说："张小申，人家都夸你了，你个大男人，啥时候也给你老婆买件漂亮衣服啊。"

这是当着店里老板娘的面说的，张小申的脸红了，为了掩饰，他故作潇洒地挥挥手："这有何难哉？一句话！"

从店里出来，崔樱想想刚花出去的钱，又有点后悔。她对张小申说："这裙子也太贵了，平常又不会穿，不值得。"

"没事，你在家穿给我看好了。"张小申大言不惭地说。

崔樱这下真恼了："光穿给你看，那有啥意思？"

张小申说："怎么没意思，我是你老公啊。"

"你也太自私了，张小申。"崔樱叫起来，"都是你，非要我买。"

张小申也不高兴了，说："卡在你口袋里，买不买最后你决定，怎么怨起我来了？"

两人你一言我一语的，站在商业街人来人往的地方，吵了起来。

一旦闹起别扭，后面的事情就都不顺了。到了宾馆，登记入住，他们发现房间很小，设备陈旧，墙面脏兮兮的，根本跟网上预订时的图片是两码事。更可气的是，这间客房处于整栋楼房的拐角，窗口正对着拐过来的墙休。宾馆号称海滨酒店，别说是一本书大小的海景，除了一面破墙，连根草也看不见。本来张小申是要住五星级的，也就是三年前他们度蜜月的那间豪华酒店。但崔樱不同意，说要省点钱，结果在网上订了这家三星级。

崔樱坐在房间软塌塌的席梦思上，看着窗外那垛光秃秃的破墙，越看心里越堵得慌。也太憋屈了，难道跑这儿来面壁思过不成？崔樱把对宾馆的不满转而撒到张小申身上，她抱怨张小申大手大脚，干什么都要体面，衣服要穿得好，吃馆子要上高档的，出门办事不肯坐地铁，伸手一招就是的士，好像高富帅。日用物品，恨不得眼睛看的，嘴巴说的都是名牌，可掏出钱包瞧瞧，里面是瘪的。

"张小申，这就是我们现在的人生。"崔樱抱怨完了，对着张小申总结道。那意思，分明是张小申把她给害苦了。

张小申已经不生气了，他笑嘻嘻地回答崔樱说："过好日子有罪吗？你不也一天到晚鼓励我成功吗？什么叫成功？说白了就是穿好吃好住好玩好，四个好，这是我的人生哲学，我是四好主义！"

一定是张小申谈到了哲学，把崔樱给刺到了，她停顿了几秒钟，接着，她说出了在张小申看来，哲学系女生最庸俗的一句话："四好主义，没钱，等于一个空屁。"

张小申不想跟崔樱争辩，他仍然笑嘻嘻的，一手搂着崔樱，一手拍拍自己的胸脯，豪气冲天地说："不就是钱吗？我张小申挣去！"

显然，下午在海边商业街的争吵留下了阴影，张小申受伤了，他没钱给崔樱买裙子，不等于他将来也没钱，他必须把话挑破了说出来。但到了这个点上，崔樱又不想跟他争了，她摇摇头，闭上了嘴巴。

只是他们两人都知道，崔樱不说话其实比说话还伤人，那是一脸的不屑，摆明了张小申是欠她的。

欠她就欠她吧，只要战事不扩散，不持续下去，张小申都无所谓。

但很不幸，戛然而止的话题到了晚上临睡前又冒了出来。那时他俩都已洗好澡，躺到床上看电视。宾馆有自选频道，张小申选了部美国爱情片，里面有大量的接吻镜头。拍得很美又激情四溢的床戏，帮他们营造出情欲气氛，一切都是自然而然，张小申的手伸进了崔樱的睡衣，先是试探性地，崔樱的身体没有拒绝，眼睛依然盯着电视屏幕。张小申胆子大起来，整个身子也侧了过去。

席梦思床垫不合时宜地响了一下，发出难听的吱嘎声，这声音非常突兀，寒碜碜的，谁听了都会败兴。崔樱的身体一紧，随即把张小申的手抽出来。

张小申问："怎么啦？"

崔樱说："这破床，讨厌！"

张小申说："三星级嘛，将就了。"

崔樱说："三星级也不该这么差啊。"

张小申说："别管它了，住一晚上而已。"

张小申想继续刚才中断了的动作，但他刚刚侧转身，床垫又响了，吱嘎吱嘎，这回更刺耳，是尖利的金属剐蹭声。听得出来，里面的弹簧坏掉了。这下完了，这床是碰不得了。别说崔樱，张小申自己也受不了这种怪异的声音。如果他硬要崔樱跟他在这破床上亲热，她一定会觉得他是故意羞辱她。

真倒霉啊！他们订的是大床房，要是标间还好一些，这张床不行，换到另一张去试试，但现在没有这样的选择。张小申也抱怨起自己，没一点先见之明，这种旅游景点的酒店不宰客怎么可能？

崔樱已经坐起来了，她不像张小申那么纠结，男人的情欲上来了，很难一下子消散，张小申此刻对破床垫的怨恨，恐怕远超于她。她的情绪是扩散型的，一旦意识到这房间有问题，她会马上从床垫联想到别的东西。

她从床上下来，使劲吸了口气，四处寻找起来。

"你找什么？"张小申问她。

"我觉得这房间有怪味。"

张小申也闻到了，确实有怪味，霉味和下水道混合的怪味。

崔樱这儿嗅嗅，那儿闻闻，却没找到这怪味究竟是哪儿来的。

张小申说："别管它了，房子旧了跟人一样，骨头烂了。"

张小申绝没想到，他随口说出的一句话，引起了崔樱强烈的生理反应。骨头烂了，说的不就是死人吗？那他们现在是住在尸体里？跟死人骨头在一起？

回到床上，崔樱抱紧了自己的身子，像个刺猬一样，不许张小申再碰她了："恶不恶心啊？离我远点。"

"你这人，莫名其妙，怎么说翻脸就翻脸啊？"张小申也生气了，赌气去关灯。

房间里漆黑一团，崔樱又害怕了，赶紧叫张小申开灯。灯一亮，她一反刚才不许张小申碰她的决绝，哆嗦着往张小申怀里钻："张小申，你说这房间会不会真死过人啊？"

张小申还在气头上，硬邦邦地顶她一句："死过人有啥好怕的，谁家没死过人，早送火葬场烧干净了。"

崔樱吓哭了："都是你，张小申，叫我睡这种死人睡过的地方。"

"你这是什么话？"张小申说，"这家宾馆是你非要订的，怨到我头上来了，我本来……"

"你本来是要订五星级，我知道，可你有这个钱吗？张小申，你的钱呢？钱？"

说着说着又说到钱了，张小申终于忍无可忍，吼起来："钱，钱，钱，我讨厌你说钱！"

崔樱也吼起来，针锋相对："我就偏要说钱，我真傻，张小申你凭什么一分钱没花就把我给娶走了？"

张小申狂怒，指着崔樱说："不是你家钱多爱施舍，是因为你贱！"

"好啊，我贱！"崔樱冷笑一声，也许这就是答案，在张小申眼里，倒是她贱，"我是贱，贱到拿钱来养活你这种男人。而你够高尚，不说钱。哈，为什么呀？不就因为一说到钱，等于把你的底裤给扒光了吗？张小申，你还有什么呀？你也就剩一张漂亮的脸，别的地方一丝不挂！"

张小申差点气炸了，当时没爆发，心里越想越恨，一晚上都没睡着。崔樱出够了气，倒不介意房间里的怪味了，翻身自己睡过去。

张小申的杀机是不是就是在这时埋下的？他自己也不知道，他只想破坏点什么东西。床头有一把旅行剪刀，他拿起来就剪，剪的是崔樱枕头上的枕巾。他剪得很慢，相当耐心，枕巾的四个角都让他剪破了，一丝一缕的，像流苏。

剪完了枕巾，他好像剪上了瘾，又去剪被子，剪崔樱的睡衣。崔樱睡得太熟了，浑然不觉她穿在身上的睡衣已四分五裂。

天快亮的时候，张小申想起崔樱刚买回来的中式连衣裙，他把这条连衣裙拿出来也剪掉了。"你不是有钱吗？我剪你的钱!”这是张小申那天晚上唯一自言自语说过的话。其余的时间，他全神贯注花在他的剪刀上。他捏住连衣裙的皱褶，一刀一刀剪下去，铰出一个个菱形的刀口，像施行凌迟一样，把这条崭新的昂贵的奢侈品千刀万剐了。

第二天早晨崔樱醒来，先看到她千疮百孔的被子，她吓了一跳，赶紧爬起来，发现自己的睡衣都是镂空的，她脑袋枕过的枕巾也变成了丝丝缕缕的一片。她尖叫起来，以为这是噩梦，她掉进恐怖至极的梦魇里去了。

其实不是，一切都是真实的，每一样东西都是看得见摸得着的，她拧自己的胳膊，感觉也是清晰的。太可怕了！这是谁干的？张小申吗？还是别的什么人？

她紧张地环顾四周，目光与一个人影撞了个正着。待看仔细了，却不是人影，是一条挂起来的连衣裙。她依稀可以辨认出来，就是她昨天刚买的那条中式裙子，背后绣有几朵大红的牡丹花。现在，牡丹花已破碎不堪了，连衣裙上下布满菱形的刀痕，呈渔网状，好像给人千刀万剐了一般。

此时窗帘已经拉开，霞光从窗外照进来，刺穿连衣裙上渔网状的碎裂处，像绽露的伤口，一个个都是血色的。

她真以为，她看见了一件千疮百孔的血衣。

生　日

这个日子终于到了，今天，崔樱的生日。

张小申心急如焚，他害怕这日子，但又抗拒不了这日子。崔樱母亲已经来过几个信息，把她订的大蛋糕照片也发过来了。

她问崔樱：“宝贝，蛋糕你满意吗？不满意妈再去换。”

张小申回她一句：“不用了。”

他的意思是叫崔樱母亲不要去换蛋糕了，崔樱母亲可能期望的不是这个，她想要崔樱的几句好话，比如“谢谢老妈”“老妈辛苦了”之类。所以，她有点失望：“樱樱，你对妈越来越冷淡了，妈好想你，只希望你开心。”

张小申看着崔樱母亲很难得说出来的体己话，不知怎么回答。他跟自己的父母也是从来不谈这些私人感情话题的，他都已习惯了冷淡。不，应该说是冷漠。

“你爸现在烟抽得好凶，他以前是不抽烟的。我知道他想你，你不来看他，他很孤独，人也一下子老了。”崔樱母亲说。

张小申鼻子一酸，想起了自己父母，他们在黑龙江过得怎么样了？他不太清楚，平常很少跟父母联系。他总觉得自己跟他们没多少感情，但他们对他呢？一定也像崔樱父母一样牵挂。如果他们知道他杀了人，老两口会怎样想？他父亲有高血压，母亲有心脏病和胃病，他们会不会突然病症发作而出现意外？

张小申的脑子一片空白，手指机械地在手机上按动，莫名其妙地，他给崔樱母亲回了一条："对不起，妈。"

这句话不知是替崔樱说的，还是替他自己说的。发完之后，他关掉崔樱的手机。崔樱在她自己的手机上多活了这么些天，也该到离开的时候了。作为信息时代的一种存在方式，他是不是又杀了一条生命？

他没有答案，反正连他也要离场了。他正准备关掉自己的手机，一个电话进来，是他母亲打来的。

母亲打他电话，一定是有急事。平常他们很少通话，因为母亲一来电话，便问这问那的，最关心的是他与崔樱的感情好不好，还有就是崔樱的肚子里有了没有。母亲远在黑龙江，特别焦急自己能抱到孙子。"等崔樱生了，我回来替你们带孩子。"母亲这样说。他很烦母亲的一厢情愿，总找理由推脱，后来干脆就说这几年他们不想要孩子，叫母亲断了念想。母亲也看出张小申与她的隔阂，私下里唯有抱怨自己当年的失策，不该这么早让张小申一个人离开父母，回老家读书，寄人篱下，把感情都弄没了。但抱怨归抱怨，到了这一步，也是无可挽回了。

母亲果然有急事，她告诉张小申，她胃里查出一个不好的东西，医生说可能是癌，叫她回老家开刀。

癌？张小申蒙了一下，母亲怎么会生癌？这是他从未想过的问题，不知道怎么回答。母亲在电话里说，她决定了，马上回老家开刀，毕竟大城市的医疗条件好得多。这会儿，她和他父亲都已在火车上了，今天下午就到。

搁在平常，母亲这样跟他说话，张小申一定会火冒三丈的。你什么意思，上了火车，来都来了，再给我打电话，这不是下最后通牒吗？但今天不一样，今天是崔樱生日，再过几个钟头，傍晚时分，崔樱父母就要拎着大蛋糕过来了，他们要跟他和崔樱一道庆贺崔樱的生日。

他该如何应对？是留在这个房间，等待浴缸里的秘密被揭开，警察们蜂拥而至，把枪指着他，然后束手就擒？还是在崔樱父母到来之前逃之夭夭，改头换面，隐姓埋名，亡命海角天涯？

但人算不如天算，现在好了，这两条路他八字都没一撇呢，他父母也要过来了。哈，今天可真热闹啊！两家的父母都凑到一块儿来了。好像游戏打到最后，该出现的角色都会出现，但你永远不会是这场戏真正的赢家，无论你怎么努力，等待你的都是"game over"。

等一下，如果他父母知道他杀了人，会跟他说什么呢？他们会怎么来处置他？把他送往派出所自首，还是帮他逃走？

这倒是他没想过的问题。张小申赶紧上网查，黑龙江开来的火车还有三个多小时到达，而距离崔樱父母来给崔樱过生日，也差不多有三个小时的时间。他们不光凑到同一天来，还在同一时间点来，这也太巧了，巧到都有命中注定的意思了。

既然是一种宿命，那他还有选择吗？这三个多小时的时间并不太短，足够他办许多事情。比如去银行取钱，现金要带够，买一副墨镜，最好理个发，光头，帽子和口罩也是必需的……

但如果他不走呢？他又要准备些什么？崔樱父母见到浴缸里冰冻的崔樱，会不会当场杀了他？

张小申觉得自己的思维太混乱了，他该静一静，好好想想，但有一点是肯定的，要是他不走的话，崔樱父母先到，那他就是死路一条。而他自己的父母先到呢？情况是否会逆转？他们原谅了他，并且帮着他处理善后？

　　张小申没办法回答，他突然意识到，自从杀死崔樱的那天开始，他就崩溃了。这些天的努力，不过是崩溃的延续。他的命运可能早就注定。

　　那就再等一等吧，看看哪对父母先来。就像一个赌局，掷出的骰子决定他的输赢。但他也听说，有一句名言，叫作"上帝不掷骰子"。

　　不知是他对，还是上帝对。

　　当时，他俩已从商业街出来了，重新回到沙滩那边。崔樱拎着她很中意的新买的中式连衣裙，心情从吵架里恢复过来，她提议他们去坐快艇。远处的海面有几艘快艇飞驰而来，船尾拖出一道白色巨浪，看上去非常刺激。

　　他俩走到码头，马上有一艘快艇开上来拉生意。船老大是个年轻人，大老远朝他们招手。崔樱迫不及待想上船，张小申拦住了她，说："等等，我价都没还呢。"

　　快艇的价格相当高，在海上兜两圈，大约半小时，要八百块。张小申和崔樱都有点吃惊，两个人半小时八百块，那也太不划算了。船老大说："这还算贵吗？你们包船啊。包船就这价格。"

　　张小申说："我们不包船，你这船八个座位，八百块，每人一百块。我们两个人，两百块。"

　　船老大哈哈大笑，露出两排结实的牙齿："你倒蛮会算账的，啊？我不管你几个人，都是包船，价格都这么定的，一分钱不能少。"

　　张小申和船老大争执起来，船老大坚持不管人多人少一个样，张小申一气之下，到路边去拉客人，他说："那好，你喜欢人多，我叫你满载！"

　　张小申的想法挺正常的，每人一百块，坐一次快艇，肯定有人愿意。但张小申忽略了一个事实，情人节是二月份，天气还冷，海边风大浪高，来这儿玩的游客不多，三三两两的，都弓着身匆匆而过，几乎很少有站下来欣赏海景的。

　　张小申好不容易拦住了两个游客，是一对中年男女，张小申上前跟他们搭腔，邀请他们一起坐船，但这对男女误以为张小申是替船老大拉生意的，冷淡地摇摇手，快速离开了。

　　那个年轻的船老大坐在船尾看热闹，他看到崔樱尴尬地站在一边，笑笑说："情人节啊，这点钱都舍不得！"

　　崔樱装作没听见，心里着实难受，张小申也太过分了，他好像完全把她给忘掉了，只顾跟一个又一个走过来的游客搭讪，向人解释一起拼船最划算。

　　张小申终于拉到了六个老太太，她们都是香客，身上背着香袋。从码头这边一直走过去，沙滩的背后建有一座寺庙，香火很旺，老太太们是要去那儿烧香。张小申可不管这些，连说带比画，恨不得把老太太们都拉上船。那几个老太太从农村来，不会说普通话，但也听懂了张小申的意思，她们站成一排，眯着眼，手搭凉棚，往海面上飞驰的快艇张望，露出又惊讶又羡慕的表情。张小申这时已决定给老太太们优惠价，他说："你们每人只要出五十块，别的我来出。"

六个老太太凑一块儿商量了一会，好像很不放心张小申会不会骗她们的钱，她们推荐一个年纪最大的老太太去问船老大，坐一次快艇要多少钱，船老大没好气地回答说："哼，多少钱？没钱就别出来玩啊！"

这话显然是说给张小申听的。张小申还没回答，崔樱已受不了了，她一跺脚，转身就跑。"张小申，要坐你自己坐去！"

张小申急了，拔腿追上前："我都快谈好了，你怎么跑了？"

崔樱说："不跑我脸都没地方搁了。"

张小申站住了，说："咦，你这人倒奇怪了。我们上下班的出去拼个车很正常，到这儿玩拼个船，就成丢人现眼啦？"

崔樱倒被他说得一愣，心里的火却蹿得更高了，发狠说："张小申，我算看明白了，你也就小气鬼一个！"

快艇没坐成，两人闹了一肚皮气回来，本来说好的在海滨大排档吃烧烤也取消了。后来，他们又为三星级宾馆的房间吵架，吵到最后，张小申把崔樱新买的连衣裙剪成了一张渔网。

有许多事，他们吵过就忘了，可偏偏这一次，他们回到家后，崔樱还是忘不了。那天晚上，她洗好澡，靠在床头翻看手机里的照片，一翻先翻到了海边商业街的照片。崔樱便想起那条连衣裙，还没穿就化作一堆破烂。"张小申，你也太狠了，"崔樱说，"你欠我一条连衣裙。"

张小申"嗯"了一声。

崔樱接着往下翻，翻到她在海边码头上拍的快艇。崔樱说："张小申，你还欠我坐一次快艇。"

张小申又"嗯"了一声。

崔樱继续划拉手机，屏幕上出现沙滩、海浪和蓝天，海鸥跟着船尾的浪花盘旋，看上去好美。"嫁给你真倒霉，"崔樱说，"坐个快艇还要拉上烧香老太。"

"不就想省点钱吗？"张小申说。

"省钱也不是这样省的。"崔樱说。

"好好好，咱们不说钱。"

"为什么不说钱？"

"我知道省钱了还不行吗？"

"不是省钱的问题，是你钱不多的问题。"

"那倒是，我要是有钱了，我还在乎区区八百块吗？"

"可惜你没钱，所以你必须在乎。"

"我知道了，没钱也要大方，男人嘛。"

"你算什么男人？请老婆坐船都请不起，还要跟烧香老太拼，五十块钱一个人，亏你向她们开得出口。"

"钱，钱，钱，你就不能不说钱吗？"

"我也希望自己钱多到永远不说钱。"

"崔樱，这还像是你吗？"

"是，我也觉得不像我了。"崔樱叹息一声，"以前的崔樱已经毁了，她成了一个她自己最讨厌的庸俗女人。不过我要告诉你，张小申，是你把我给毁了。"

"别胡说。"

"我胡说吗？我怎么变成这样一个女人？我都不认识自己了。张小申，你真干得好啊！"

崔樱嘿嘿笑起来。

张小申的怒火不知不觉升上来了，越烧越旺，把他的眼睛都烧得通红，像兔子眼。

崔樱什么也没看见，她仍低头玩手机，她拍的风景照里有好多坐快艇的男女，其中有一对像是农民工，皮肤黝黑，穿着土气，但他们两个人包了一艘快艇，动作夸张地举着手机自拍，嘴巴咧得老大，笑容满面。情人节嘛，人家这才叫过情人节！

"张小申，你还不如农民工，农民工都比你有钱……"

崔樱说个不停，她这张以前充满了哲学名词的好看的樱桃小嘴，现在却被钱充满了。

张小申大吼起来："你闭嘴行不行？！"

"嘴长在我身上，今晚上我就爱说钱。"

张小申绝望了："我会让你闭上的，崔樱，你给我永远闭嘴！"

张小申自己也不知道，他什么时候起身，什么时候腾地扑上去，把崔樱压在床头，整个人都压上去，双手死死捂住她的嘴巴和鼻子，不让她说话。崔樱拼命挣扎，踢他，抓他，咬他……张小申发了狠，不管不顾，只死死捂住崔樱的嘴，心里只有一个声音："我叫你闭嘴，闭嘴！"

他看见崔樱的腮帮子鼓动着，鼓动着，像一条离开了水的鱼，越来越吃力，越来越缓慢，最后终于停住。

不动了。

爱是一把刀

——代后记

　　这个世界许多东西出人意表，又正常得很。比如我们常常见到挺好的女孩子，却嫁了个垃圾男人。有时候我看到这种结合，心里不由生出疑问：为什么是这样的？其实多半并没答案，婚姻简直像谜团，也许是人类最难搞明白的秘密。这个秘密首先在于两性的复杂，然后更在于人性的复杂。

　　那么，透过婚姻，我们能探究到两性和人性的什么问题呢？这可能是我写这部《冰的罪证》的初衷吧。开始的时候，我也不知道答案，只是一个有关好女孩与坏男孩的故事。但写着写着，事情变得不那么简单起来，好女孩好像也出了点问题，她也有一些盲区。坏男孩呢？他的坏却又带上了环境的因素，是某些历史后遗症必然要偿付的代价。

　　结果，我发现自己很无奈，我并非是这对婚姻困境中的男女的人生导师和命运主宰，我对他们的作为无能为力。是的，婚姻不过是自我在两性关系中的投射，它在对方身上，更真切地照出自己的影像。

这样说来似乎挺悲哀的。哲学终究会被庸常淹没，越是剧烈的爱，越将支离破碎。

婚姻是两个人生命逻辑叠加出来的那一段，我们都试图改变对方，可如果你不改变自己，这段命运的曲线只会更糟。

所以写到后来，我想说的是，在这样的世界和人心里，爱是一把刀。两个进入婚姻的人，等于是带着刀进去的。一不小心，可能砍伤了对方，也可能砍伤了自己；或者两败俱伤。除非我们都知道，真正的爱究竟是什么。

王彪

2022 年 1 月 19 日

图书在版编目(CIP)数据

冰的罪证/王彪著.—杭州:浙江文艺出版社,2022.4
ISBN 978-7-5339-6786-4

Ⅰ.①冰… Ⅱ.①王… Ⅲ.①长篇小说-中国-当代
Ⅳ.①I247.5

中国版本图书馆 CIP 数据核字(2022)第 034881 号

策划统筹 曹元勇
责任编辑 周　思
文字编辑 顾楚怡
营销编辑 耿德加　胡凤凡
责任印制 吴春娟
装帧设计 @Mlimt_Design

冰的罪证

王彪 著

出版发行 浙江文艺出版社
地　　址 杭州市体育场路 347 号
邮　　编 310006
电　　话 0571-85176953(总编办)
　　　　　0571-85152727(市场部)
印　　刷 上海盛通时代印刷有限公司
开　　本 889 毫米×1240 毫米　1/32
字　　数 130 千字
印　　张 8.125
插　　页 1
版　　次 2022 年 4 月第 1 版
印　　次 2022 年 4 月第 1 次印刷
书　　号 ISBN 978-7-5339-6786-4
定　　价 52.00 元

版权所有　侵权必究
(如有印装质量问题,影响阅读,请与市场部联系调换)

一本书打开一个世界

欢迎订购、合作

订购电话：0571-85153371

服务热线：0571-85152727

KEY-可以文化　　浙江文艺出版社　　京东自营店

关注 KEY-可以文化、浙江文艺出版社公众号，
及浙江文艺出版社京东自营店，随时获取最新图书资讯，
享受最优购书福利以及意想不到的作家惊喜